OH TOI LE BELGE,
TA GUEULE !

PHILIPPE GELUCK

OH TOI LE BELGE, TA GUEULE ! *

* Titre aimablement offert par Alain Delon

Humour

www.geluck.com

Ce livre est dédié à Michel Drucker et Françoise Coquet,
pour l'amitié et la confiance
qu'ils m'ont témoignées depuis septembre 1999,

à Jean-Pierre Coffe, Nicolas Canteloup
et Jean-Pierre Elkabbach
pour leur complicité,

à Alain Delon, pour le titre offert
et pour son coup de téléphone,

à toute l'équipe qui œuvre derrière les caméras,
pour son talent, sa gentillesse et sa disponibilité :
Éric Barbette, Brigitte Neel, Florence Faissat, Grégoire
Jeanmonod, Joëlle Narcy, Claire Papot, Laurence
Abonnen, Florent Auray, Rémy Robin, Nicolas Baleizao,
Nicolas Colpart, Cindy Fock Si Mui, Thibaut Lesaffre,
Julie Meyere, Dominique Colonna, Richard Valverde,
Franck Broqua, Jean-Pierre Audidier,
Bruno Loury, Pierre Casimir, Éric Mahuet, Éric
Mazlamian, Hélène Rossi, Jean-Marc Buscemi,
Jean-Michel Racaud, Frédéric Dorieux, Max Cordelle,
Sébastien Delaunay, Walter Kovats, Pascal Le Moigne,
Ted Tarricone, Gauthier Bonneville, Sandrine Coic,

Krystèle Zoz, Marc-Antoine Colonna, Michel Zarebski,
Daniel Aratus, Frédéric Leuleu, Laurent Chevalier,
Alain Eppstein, Vanessa Sebaoun-Coquet, Nelly Pierdet,
Nadine Gonthier, Philippe Devilers, Corinne Huvelin,
Valérie Omer,
Jacqueline Jouault, Pascal Roger, Philippe Alain...

Mille excuses si j'ai oublié de citer quelqu'un

Mon cher Philippe,

Il m'aura fallu sept années de collaboration pour que je me décide à mon tour à t'écrire cette lettre, à toi qui en as adressé des centaines au cours de ce septennat. Quand tu m'as demandé de rédiger cette préface sous forme de missive, j'ai été angoissé par l'exercice. Comment être aussi drôle que toi dans une discipline où tu excelles ? J'ai alors envisagé, plutôt que de t'écrire, de t'envoyer un dessin : Olga s'adressant à ton Chat. Elle aurait dit en deux mots qu'elle n'a jamais aussi bien dormi que lorsque tu lisais ta lettre en début d'émission, elle qui se réveillait cinquante minutes plus tard quand tu remettais ton dessin. Nul doute qu'elle sera déstabilisée par ton absence à la rentrée : son sommeil en souffrira ! J'ai finalement décidé de t'adresser simplement les compliments que tu mérites...

Comment as-tu fait, cher Philippe, pendant toutes ces années pour être chaque semaine aussi créatif, imaginatif, inspiré ? Comment as-tu fait pour t'adresser avec autant de talent, d'esprit et parfois d'impertinence à Brigitte Bardot, l'Impératrice d'Iran, Alain Delon, Jane Fonda, Céline Dion, Jean Daniel, Nicolas Sarkozy ou Ségolène Royal ?... Je sais que ces lettres et tes dessins t'ont demandé un long travail de réflexion et de préparation. Nos coups de fil du mercredi matin, jour d'enregistrement de l'émission, me manqueront. J'entends encore nos conversations sur ton portable depuis la Gare du Midi à Bruxelles, ou dans le Thalys où, courant vers Paris, tu attendais de moi quelques éléments supplémentaires sur la biographie de l'invité, qui t'auraient conforté dans l'idée que l'angle de ta lettre était le bon.

Françoise Coquet, coproductrice de *Vivement Dimanche*, et moi-même garderons de notre collaboration un souvenir ébloui. Sept ans ! Deux cent cinquante émissions, deux cent cinquante rencontres, deux cent cinquante éclats de rire. Je suis sûr que les fidèles de *Vivement Dimanche* seront très heureux de relire quelques-unes de ces lettres.

Je ne remercierai jamais assez Laurent Ruquier de m'avoir permis de te connaître par le biais de France Inter. Je sais que tu lui restes fidèle car tu es un homme de fidélité, qualité de plus en plus rare dans notre métier. Toute l'équipe de *Vivement Dimanche* continuera à te suivre, que ce soit à la radio ou sur France 2.

Je vous embrasse affectueusement, toi
et ta charmante épouse Dany.

Avec mon « OLGAmitié »…

Michel Drucker

Chère
Ségolène Royal,

J'ai rêvé de vous cette nuit. Ooh ! Rassurez-vous, en tout bien tout honneur ! Mes rêves ne sont pas polissons, mais policés. Celui-là était même politisé. J'ai rêvé que ça y était, que la première présidente de la République française avait été élue au suffrage universel. Et ne faisons pas durer le suspense, c'était vous ! Après avoir été l'élue du cœur de François, vous deveniez l'élue de cœur des Français.

Quelques jours après vos prises de fonction, Michel et moi attendions dans l'antichambre du bureau présidentiel l'heure de notre rendez-vous. En effet, vous n'aviez pas attendu longtemps pour nous remettre à tous deux les insignes de grand-croix de la Légion d'honneur, pour nous remercier de vous avoir consacré tout un dimanche sur France 2. En attendant que le grand chambellan vienne nous chercher, nous commentions les derniers événements. Cette élection était historique à plus d'un titre, car non seulement elle voyait une femme accéder pour la première fois à la plus haute responsabilité de l'État, mais encore y était-elle parvenue au terme d'un deuxième tour parfaitement inattendu, puisque les deux candidats arrivés en tête du premier n'étaient autres que François Hollande et vous-même.

Le dernier grand débat télévisé vous opposant restera dans les annales, car jamais l'on n'avait vu des protagonistes se tutoyer et s'appeler « Chéri », en finissant par se rouler un patin à la fin de l'émission tout en se souhaitant bonne chance. Voilà une chose que l'on n'avait jamais vue auparavant, lors des confrontations Giscard/Mitterrand ou Chirac/Jospin.

Le score avait été très très serré, et je soupçonne les indécis ayant fait pencher la balance en votre faveur de s'être laissés aller à juger les candidats sur leur physique plutôt que sur leurs idées. Car, il faut bien l'avouer, vous êtes beaucoup plus jolie que votre compagnon. Bref, même si c'est une déception pour François, il devient malgré tout à travers cette élection, le premier homme de France. Et lors de chacun de vos déplacements protocolaires, il est obligé de rester en retrait et de marcher quelques pas derrière vous, comme le duc d'Édimbourg avec Élisabeth II d'Angleterre.

D'être comparé au prince consort, déjà, ça lui plaît à moitié, mais ce qui l'énerve carrément, c'est que ses copains se sont mis à le surnommer « Bernadette ». Aujourd'hui, c'est lui qui s'occupe des pièces jaunes, avec David Douillet pour porter les sacs, et c'est lui qui récolte des fonds pour la *Fondation Hôpitaux de Paris-Hôpitaux de France* avec Michel Drucker. Michel Drucker qui, à lui seul, fait tourner tous les hôpitaux de France avec ses trois bilans de santé quotidiens.

Mais revenons à la politique, avec vos premières décisions et nominations. Pour suivre l'exemple de Bertrand Delanoë qui avait transformé les appartements du Maire de Paris en crèche géante, vous avez rebaptisé l'Élysée en Maison du Poitou pour rendre à cette région l'amitié qu'elle vous avait faite en 2004 en vous élisant présidente du Conseil régional. Les gardes républicains sont remplacés par des agriculteurs en costume régional, les porcelaines de Sèvres par des fromages de chèvre et les limousines à quatre roues par des limousines à quatre pattes, de belles vaches qui paissent dans les jardins de l'Élysée-Poitou... Elles paissent, elles passent et elles pissent... (Et à ce propos, il faudra veiller à demander aux invités de la garden-party de ne pas oublier de mettre leurs bottes de caoutchouc.) Bref, c'est idyllique et champêtre. Les gardiens de la paix traient les limousines matin et soir et, avec le lait récolté, on fabrique le beurre Présidente, le seul beurre vraiment républicain.

Les nominations, elles aussi, ont été bon train et la nouvelle présidente de la République a su se montrer magnanime envers ses adversaires, là où d'autres en auraient envoyé aux galères. Elle a nommé Jean-Pierre Raffarin maître d'hôtel à l'Élysée-Poitou et, avec le recul, ça ne lui va pas mal du tout, le côté légèrement voûté convient à sa nouvelle fonction. Jean-Louis Debré, ancien président de l'Assemblée nationale, est resté sur une sorte de perchoir puisqu'il a été nommé arbitre à Roland-Garros. Quant à Nicolas Sarkozy, il a été promu ambassadeur d'honneur à Bayonne, la Présidente se disant sans doute que la meilleure solution pour ne plus l'entendre était de le faire Bayonnais.

Nous en étions là, Michel et moi, de nos considérations, lorsque nous entendîmes retentir la clochette du chambellan nous priant d'entrer dans le bureau de la Présidente. Mais cette clochette vait un drôle de son... qui ressemblait furieusement à celui de mon réveille-matin.

Je me suis éveillé à cet instant précis, en réalisant qu'il s'agissait d'un songe. Une femme présidente, tu rêves ! Les hommes ne sont pas encore prêts à lâcher leur joujou. Alors je vous en prie, chère Ségolène Royal, continuez à œuvrer et apportez-nous la preuve que ce serait vraiment bien.

Il faisait encore noir, j'ai allumé la lumière et j'ai embrassé tendrement ma femme. Elle a ouvert les yeux et m'a souri. Je lui ai dit :
— Reste encore un peu au lit, je vais nous préparer le petit-déjeuner. Tu veux des toasts ?
— Oh oui, a-t-elle répondu, des toasts avec du beurre A.O.C. Charentes-Poitou !

Cher
Pierre Bellemare,

En vous saluant tout à l'heure, j'ai eu l'impression de serrer la main à la tour Eiffel ou à l'Arc de triomphe, tant vous semblez être là depuis toujours. Vous qui passez votre temps à nous raconter des histoires extraordinaires, vous connaissez sans doute celle de ce mammouth sibérien retrouvé par une équipe de scientifiques dans un état de conservation absolument parfait. Pour l'étudier, les chercheurs l'ont décongelé selon les règles et, lorsqu'il s'est retrouvé à température ambiante, son cœur s'est miraculeusement remis à battre, il a ouvert les yeux et quand on lui a dit qu'on était en 2005, ses premiers mots ont été : « Est-ce que Pierre Bellemare est toujours à l'antenne ? » C'est vous dire que vous ne laissez personne de glace et que vous avez marqué de nombreuses générations. S'il fallait résumer votre carrière en deux mots, ce serait sans doute : éclectisme et longévité… Car vous avez tout inventé, pratiqué tous les genres et cela pendant plus longtemps que quiconque. Et quand Michel me parle de son expérience et me dit : « Tu vois, mon p'tit Philippe, quarante ans de télévision et de bicyclette, ça forge le caractère et les mollets ! », je ricane en me disant qu'à côté de vous, il a l'air d'un débutant.

Vous, c'est cinquante ans de carrière, un exemple pour la jeunesse, et même pour la vieillesse. D'ailleurs, le rêve secret de Michel serait d'un jour pouvoir égaler, voire battre, votre record. Car voilà bien un métier qui ne connaît aucune limite d'âge, pourvu qu'on ait la santé. Un peu comme le métier de pape. Et je soupçonne Michel de se préparer en douce à un parcours similaire. En effet, il publie régulièrement ses bulletins de santé et se voit toujours à l'antenne dans dix ans, dans vingt ans et même dans trente ans. Il aura alors 93 ans et recevra Michel Sardou pour la 56e fois, tout un dimanche sur France 2. Le principe de l'émission n'aura pas changé : on passera des archives et des artistes viendront témoigner. Michel enchaînera les plateaux avec son punch habituel : « Megnèèèè gniiii mègnè-mègné ! » Quand il sera un peu fatigué, je traduirai en voix off : « Voici ce que Michel nous dit : Retrouvons maintenant Lorie, qui cartonne toujours, à 53 ans ! »

« Gnémémé mégnénimégné gnéméééé ! » « Son arthrose de la hanche l'empêche de danser comme avant, mais elle nous chante un pot-pourri de ses plus grands succès ! » Se succéderont ensuite Bernard Lavilliers dans son fauteuil roulant, la vieille Loana et sa canne, Alain Souchon qui interviendra en duplex depuis la maison de retraite Les Mimosas, et Sœur Emmanuelle, 125 ans, toujours bon pied, bon œil…

Chaque dimanche, Michel arrivera avenue Gabriel à bord de sa Druckermobile, il apparaîtra au balcon du studio pour bénir les fidèles téléspectateurs venus l'acclamer et le premier janvier, il s'adressera au monde entier dans toutes les langues :

– Vivement Dimanche Prochain
– Viva la prossima Domenica
– Leve nästa söndag
– Esperando el Domingo
– Leve volgende zondag

Dans l'émission du soir, il risque de s'assoupir un peu si les réponses des invités sont trop longues, mais dès que Jean-Pierre Coffe sera là, les odeurs de cuisine le réveilleront. Par délicatesse envers son patron, Jean-Pierre ne propose plus que des plats faciles à mastiquer. Une semaine, c'est de la mousse de crème moulue, la semaine suivante, le velouté de purée en sauce et le dimanche d'après, le coulis de mousse... Et lorsque l'émission touchera à sa fin et que Michel annoncera le journal de 20 heures, les observateurs se diront que dans son état, on risque de ne plus le revoir la semaine suivante. Mais à chaque fois, il reviendra. Il est inusable tant qu'on lui remet des piles ! Un jour, il fêtera ses 70 ans de carrière, battant ainsi tous les records. À moins qu'un dimanche soir de 2037, vers 19 h 55, il n'ait un malaise en lisant sur ses fiches le nom de l'invité suivant : « Dimanche prochain, nous recevrons... !!???.... Pierre Bellemare !!! Ben merde, alors ! Il est toujours là, celui-là !!! » Et nous fêterons ce jour-là, cher Pierre, vos 90 ans de carrière ! Vivement 2037 !

Chère
Nana Mouskouri,

Il y a un proverbe qui dit qu'un dessin vaut mieux qu'un long discours. Moi, ce que je dis, c'est que l'un n'empêche pas l'autre. En revanche, ce que je sais, moi, c'est qu'une chanson vaut tous les dessins et les discours du monde. La supériorité de la chanson est incontestable et je ne vous en fournirai que quelques exemples : on chante sous la douche, parce qu'on est heureux, mais viendrait-il à l'idée de quiconque de faire un discours ou un dessin sous la douche, pour signifier sa joie de vivre ? Deuxième et dernier exemple, lorsqu'un enfant a peur dans le noir, il chante pour se donner du courage... Lui viendrait-il à l'esprit de faire un discours ou un dessin ? Non, bien sûr ! Car il ne pourrait pas lire le discours et ferait son dessin à côté de la feuille. Donc, le dessin, ce sera pour tout à l'heure, le discours, c'est pour tout de suite.

Projet de discours pour la canonisation de Nana Mouskouri, en présence de l'intéressée, prononcé à l'occasion de la cérémonie d'ouverture des J.O. d'Athènes, en 2004, au pied de la flamme, devant une assemblée composée exclusivement de marchands de lunettes venus du monde entier :

Aaaah, Nana ! L'émotion m'étreint (comme disait Jean Gabin dans *La Bête humaine*) et l'exaltation m'habite (comme disait Rocco Siffredi dans *Rocco et ses sœurs*), à l'évocation de votre présence au milieu de ces ruines. Vous, Nana, si bien conservée, vous, sur qui le temps semble ne pas avoir de prise. Vous êtes la belle Hélène que Pâris a enlevée à son peuple. Votre voix nous fait perdre la tête, comme à la Victoire de Samothrace. Devant votre talent, les bras nous en tombent, comme à la Vénus de Milo. Et à suivre le rythme effréné de vos tournées marathoniennes, plus d'un d'entre nous se serait écroulé, comme le Parthénon. À vous seule, Nana, vous avez plus fait pour la Grèce qu'Homère, Platon, Zeus et Nikos Aliagas réunis.

Vous êtes la Grèce et vous l'incarnez. Et le C.I.O., le Comité International des Opticiens, ne s'y est pas trompé en réunissant au pied de cette flamme une telle brochette de personnalités, un peu comme un immense souvlaki devant un barbecue. Oui, Nana, vous êtes la plus belle ambassadrice que la Grèce ait vu naître, car à travers vous se trouvent réunies la tradition et la modernité. Lorsque vous trémolez – ce verbe vient de trémolo, c'est pour ne pas toujours dire chanter –, lorsque vous trémolez, tel le mythique oiseau-lyre, c'est la Grèce éternelle qui vibre en nous, au son de *Weisse Rosen aus Athen, Schön ist der Morge* ou *Schau mich bitte nicht so an,* vos plus belles chansons en allemand que Michel et moi adorons écouter en dégustant une *Bratwurst* arrosée de

Retsina de la Forêt-Noire. Comme Brad Pitt dans son dernier film *Troie*, (dont, entre parenthèses, on aura du mal à suivre l'histoire, puisqu'on n'a pas vu *Un* et *Deux*, mais bref…), il paraît que ce ne sont pas ses jambes à lui qu'on voit dans le film. Ce sont celles d'une doublure, parce que les siennes n'étaient pas terribles. Alors ça, ça me fait bien marrer ! Le sex-symbol n° 1 mondial a peut-être une belle petite gueule (quoique ce soit discutable…), mais il a des petites jambes affreuses ! Excusez-moi, mais ça n'en fait qu'un demi-sex-symbol. Tandis que vous, chère Nana Moussaka, … euh Bouzouki, non… Mouskouri, tout est parfait du haut en bas, du Alpha à l'Omega, des lunettes aux chaussures. Votre mari, qui est non pas opticien mais aux p'tits soins pour vous, a dit un jour : « Nana, sans lunettes, c'est comme Brassens sans moustache. » Aussi, me permettrez-vous de citer le maître, à votre propos :

« Tout est bon chez elle, y a rien à jeter
Sur l'île déserte, il faut tout emporter. »

Madame le Ministre, Chère Michèle,

Je vous fais une lettre que vous lirez peut-être, si vous avez le temps. Ou plutôt, je vais vous la lire car j'ai appris que vous n'aviez pas vraiment le temps puisque vos journées comptaient entre douze et dix-neuf heures de travail.

Comment s'étonner que la ministre des militaires soit originaire du pays du béret, le pays Basque, patrie du jambon et de la pelote. Vous avez passé votre jeunesse à Saint-Jean-de-Luz. Votre père était aussi votre maire, poste auquel vous lui avez succédé en 95 et on a pu voir cet après-midi dans un reportage, comme vos parents étaient fiers d'avoir engendré une fille maire. Après une brillante ascension politique, vous voici ministre de la Défense. Comme les temps changent : il n'y a pas si longtemps, on aurait à peine imaginé qu'une femme puisse devenir

---

1. Michèle Alliot-Marie assumait depuis 2002 les fonctions de ministre de la Défense.

secrétaire d'État à la Vaisselle ou au Tricot, et voilà qu'aujourd'hui, c'est une femme (qui ne porte d'ailleurs que des pantalons) qui porte la culotte dans l'univers sans doute le plus macho de la République. Les temps changent et l'armée aussi.

Quand on était mômes, on rêvait de s'engager un jour, pour aller tirer sur tout ce qui bouge et lancer des grenades sur les méchants en faisant « pan pan t'es mort ». Aujourd'hui, les choses sont bien différentes : l'armée semble être devenue la plus grande entreprise de spectacles du pays. La patrouille de France fait des acrobaties devant un public émerveillé. Cet après-midi, des militaires nous ont joué de la musique classique avec autant de sensibilité que le philharmonique de Salzbourg, et la garde républicaine a interprété des petits pas de danse, comme le font les écuyères du cirque Bouglione. Et pour compléter le tableau, Michel Drucker organisait récemment une surboum sur le porte-avions Charles de Gaulle, en compagnie de chanteurs et d'humoristes. C'est tout juste s'ils n'ont pas fait apparaître, en fin de soirée, un colonel déguisé en Auguste.

Tout cela est-il bien sérieux, Madame le Ministre ? Je vous le demande. Et n'en profiterions-nous pas pour nous poser la question ? Au fond, si c'était ça la solution ? Si les nations ennemies se faisaient la guerre par musique interposée ? Si au lieu de s'envoyer des missiles on se balançait des aubades ? Mais, me direz-vous, ça existe déjà et ça s'appelle le concours Eurovision de la chanson. Vous avez raison, ça fait pas mal de victimes chez les professionnels, je vous l'accorde, et les dommages collatéraux auprès des populations civiles sont incalculables !

Alors, reconnaissons-le, l'armée est, hélas, un mal nécessaire, contrairement à *Star Academy*, même si personnellement, j'ai toujours préféré le son du saxo à celui du clairon, lancé des oranges à Grenade plutôt que des grenades à Orange et privilégié la balle au mur plutôt que la balle perdue.

Mon plus grand souhait est que vous restiez ministre de la Paix et ne deveniez jamais celui de la Guerre pour qu'à l'avenir, les marbriers ne gravent plus de monuments aux morts, mais seulement des monuments aux vivants.

Cher
Julien Clerc,

Ne le prenez pas mal, mais vous êtes un type énervant. On a revu ces derniers temps pas mal d'archives sur votre carrière et force est de constater que vous faites de plus en plus jeune. Comme si le projectionniste avait passé le film de votre vie à l'envers. Et de voir quelqu'un qui rajeunit alors que l'on vieillit soi-même inexorablement, c'est agaçant. Alors imaginez ce que je dois ressentir moi, moi qui faisais déjà vieux lorsque j'étais enfant. Adolescent, je tentais de séduire les filles, mais j'avais l'air tellement âgé qu'elles me prenaient pour le père de leur copine et me traitaient de pédophile lorsque j'essayais de les embrasser. Et déjà à l'époque, je vous en voulais parce qu'elles n'avaient d'yeux que pour vous. Elles se pâmaient en écoutant *Ivanovitch* ou *La Cavalerie*. Et moi, dans mon coin, je ricanais jaune en marmonnant : « Profites-en mon pote, parce que ça ne durera pas, la mode va passer, et dans quelques années, lorsque tu attraperas du bide et que tu perdras tes cheveux, tu auras l'air moins fier ! »

Il ne faudrait jamais dire des choses pareilles. Parce que les cheveux, c'est moi qui les ai perdus, et les bides, c'est moi aussi qui les ai pris dans mes plans drague, tandis que vous, vous sembliez avoir de plus en plus de cheveux et de plus en plus de succès auprès des filles. Alors moi, comprenant que je n'étais pas de taille, par dépit, vieux avant même d'avoir été jeune, à 19 ans, je me suis inscrit dans un club du troisième âge dont les membres en me voyant arriver, ont proposé de m'aider à traverser la rue.

C'est là, en regardant la télé, après le scrabble de l'après-midi et avant le porridge du soir, que j'ai appris votre liaison avec Miou-Miou. Cette nouvelle m'a rendu fou de jalousie car j'étais amoureux d'elle et j'avais projeté de l'épouser dès que mon traitement au Pétrole Hahn et à la crème anti-rides serait terminé. À cette époque, j'ai vraiment cru que vous m'en vouliez personnellement. Que vous étiez une sorte d'extra-terrestre fraîchement débarqué de je ne sais quelle planète hostile, avec pour seule mission de me nuire et de m'humilier. D'abord devant les filles qui me jetaient des cailloux dès que j'approchais, ensuite, en ravissant ma promise. Vous sembliez être Blanche-Neige, et moi la Reine. J'interrogeais le miroir de ma salle de bains en disant : « Miroir, beau miroir, dis-moi qui est le plus beau ? » Et chaque matin, la réponse était la même : « Tu n'es pas mal, vieux, mais Blanc Julien qui est dans la forêt est bien plus beau que toi et il chante bien mieux aussi. » Alors, je m'étranglais de rage et je retournais jouer aux dominos avec mes nouveaux amis.

Et puis un jour, tandis que je sommeillais sur la terrasse, sous un plaid, après la purée du midi, est apparue une nouvelle infirmière qui chantonnait : « Un jour mon prince viendra... » Elle était jeune, belle et douce, et elle m'a souri. J'en suis tombé instantanément amoureux.

Elle s'est approchée de moi et elle m'a dit : « Mais voyons, que fais-tu là, pauvre crapaud ? Qui donc a pu t'affubler de cette couverture et de ces lunettes ridicules ? » Puis, elle a regardé si personne ne la voyait et elle m'a donné un baiser sur le bout du nez. Et là, dans une sorte de nuage, je me suis levé de ma chaise longue en lui chantant *Strangers in the night*... et elle est tombée dans mes bras en s'exclamant : « Mon prince charmant ! » Je n'ai appris que plus tard qu'elle était extrêmement myope.

Elle me dit qu'elle attendait ce miracle depuis qu'elle était enfant, je lui répondis que moi aussi, et je lui racontai comme j'avais été victime d'un mauvais sort lancé par une vilaine sorcière nommée Julien Clerc. « Comme mon chanteur préféré ! » s'exclama l'infirmière. Je fis semblant de ne pas entendre, et nous poursuivîmes notre route vers Lourdes... Ah, oui ! J'ai oublié de vous dire que le lendemain de notre rencontre, elle avait réservé deux billets pour y effectuer un pèlerinage, une sorte de dernière tentative pour faire repousser mes cheveux.

Et c'est là que le miracle s'est produit. Pas le miracle capillaire, mais un autre bien plus inattendu : Michel Drucker m'est apparu dans la grotte miraculeuse. Personne n'en croyait ses yeux. Même pas la Vierge qui apparaissait au même moment et qui n'a pas pu s'empêcher de lui demander un autographe pour son fils. Alors, Michel Drucker a posé son doux regard sur moi et m'a dit : « Viens Philippe, je t'emmène faire des émissions à Paris. En vérité, je te le dis : notre prochain invité sera Julien Clerc. » Et dans l'hélicoptère qui nous ramenait au studio Gabriel, nous avons parlé de vous, cher Julien, de votre carrière éblouissante, de votre statut de grand de la chanson française parmi les grands, de votre inspiration qui semble ne jamais avoir faibli, de votre talent de mélodiste hors pair, bref de votre œuvre et de toutes les belles choses que vous nous avez offertes jusqu'à présent et pour lesquelles je vous pardonne finalement d'avoir pourri ma vie d'adolescent.

Chère Mazarine Pingeot,

... et non Margarine Peugeot, comme vous appelaient vos petits condisciples à la cour de récré. Chère Mazarine, devrais-je dire, car votre seul prénom vous nomme, vous faisant accéder au club très fermé des personnalités identifiables par tous à l'énoncé de leur petit nom. Il s'agit d'un privilège rare, acquis, pour certains, à force de travail, pour d'autres par le hasard de la naissance ou les caractéristiques du prénom lui-même. Si je vous dis Jean-Edern, vous penserez au même que moi (et pas que en bien, je crois !), si je vous parle de Bernard-Henri, il n'y en a pas trente-six, mais s'il s'agit de Marcel, de Robert ou de Simone, les visages se bousculeront devant vos yeux. Lorsqu'on évoque Renaud, il n'y a pas besoin d'ajouter Séchan, pareil pour Johnny, Barbara ou Dave. Il y a ceux dont il faut néanmoins préciser la profession : la chanteuse Dany, Julie d'Europe 1. Ou

---

1. Dans son livre *Bouche cousue*, paru en février 2005, la fille de François Mitterrand revient sur son enfance et sa vie d'enfant caché.

les origines : Emma de la Star Ac, Steevy du Loft, François d'Assise. Et enfin ceux à qui il faut mettre un numéro : Jean-Paul II, Pie XII, Paul VI, André Vingt-Trois. Ah non ! Lui, c'est pas son numéro. C'est son nom de famille. Il est évêque. Et si un jour il devient pape, il s'appellera André XXIII 1er. On n'est pas sortis de l'auberge ! Roméo, Mao, Mickey, on voit tout de suite qui c'est. Vous, c'est pareil : Mazarine-point-barre, et tout le monde sait.

Enfin, surtout depuis novembre 94, lorsqu'un célèbre magazine dont le slogan m'échappe – c'est quelque chose dans le genre... la lourdeur des mots et des photos qui choquent... Je ne sais plus très bien... – donc, depuis que ce mazarine, je veux dire ce maga-zine, a révélé votre existence à la France et au monde. Tu parles d'une info ! Vous existiez depuis dix-neuf ans déjà.

Nous ne sommes pas là pour juger des turpitudes de la presse, mais pour parler de votre livre, *Bouche cousue*, de votre livre qui m'a touché, qui m'a pas-sionné, qui m'a ému... Tant qu'on ne l'a pas lu, on ne peut pas imaginer votre vie et votre désarroi, oserais-je dire votre souffrance ? « J'ai été longtemps invisible, et puis montrée du doigt », « Ma solitude est terrifiante », « Devoir dire aux autres enfants qui je ne suis pas », « Le secret était devenu un mode de vie », « J'aurais comme une dette à payer », « Dix-neuf ans dans l'ombre, deux à fuir la lumière »...

On n'imagine pas non plus l'immensité de l'amour que vous portez à votre papa. Enfin si, on peut l'ima-giner lorsqu'on aime son papa, même s'il n'est pas président de la République, mais qu'il vient vous lire une histoire, chaque soir, en vous mettant au lit.

Vous avez bien fait d'écrire ce livre, pour vous et pour nous.

La lecture de cet ouvrage m'aidera sans doute, moi aussi, à affronter bientôt une situation similaire à la vôtre. Le Palais Royal de Bruxelles m'a appelé, il y a quelques jours, en me disant : « Prépare-toi ! »
Un grand hebdomadaire belge s'apprêterait à publier des photos attestant que je suis le fils caché de Baudouin et Fabiola. On me voit sur ces documents, enfant, jouant dans les jardins du Palais. Mon véritable nom serait Mazarin. Ils voulaient aussi me donner le nom d'une bibliothèque, mais ils n'avaient le choix qu'entre Bibliothèque Nationale et Bibliothèque Rose. Voilà pourquoi ils ont choisi « Mazarin ».
J'ignore encore pourquoi j'ai été écarté du trône. Légalement, j'y avais droit, d'autant plus qu'à l'épiphanie, lorsqu'on a mangé la galette des Rois, c'est moi qui suis tombé sur la fève. J'ai eu la fève et ils ont gardé la galette. Toujours est-il que je compte bien faire valoir mes droits ! Dès la fin de cette émission, je marcherai sur Bruxelles, à la tête de mes troupes, pour renverser l'usurpateur et régner sur mon pays. Lorsque je serai roi, je continuerai à venir faire les émissions avec vous, Michel. Je vous ferai marquis ou archiduc si vous voulez, et nous révélerons alors au public que vous-même êtes le fils caché que le Général de Gaulle a eu avec Léon Zitrone. Mais d'ici là… *Bouche cousue* !

Ouf !… Je me demandais comment j'allais revenir à vous, chère Mazarine… Voilà qui est fait. En refermant votre livre, j'ai eu le sentiment très net qu'en l'écrivant, vous vous étiez libérée d'un énorme poids et que vous pouviez enfin vous mettre à écrire celui

de votre vie à vous. Un livre lumineux, joyeux, rempli de rires et de photos d'enfants.
Je lui souhaite à ce livre-là encore plus de succès qu'à celui-ci. Je vous souhaite tout le bonheur du monde, à vous, à votre compagnon et au bébé que vous attendez. Je vous souhaite surtout qu'on vous laisse vivre et respirer et qu'enfin, on vous fiche la paix !

LE PETIT ABDELKADER MITTERRAND JOUANT À CACHE-CACHE

Y A RIEN À FAIRE, ILS ONT ÇA DANS LE SANG !

Cher Michou, Cher Michel, Mesdames, Messieurs,

L'homme que nous recevons ici ce soir incarne l'un des plus nobles traits de caractère dont l'être humain peut s'enorgueillir : la modestie. Avoir fait tout ce qu'il a fait, sans que personne n'en sache rien, cette idée m'est proprement insupportable et il était temps que la télévision de service public se décidât à rendre hommage à celui qui a tant fait pour la raie publique. Même si sa discrétion risque d'en souffrir, je me dois de rétablir devant vous cette vérité historique qu'il a si longtemps tenté d'occulter par souci d'humilité. C'était sans compter le travail des historiens de France 2 qui, en faisant resurgir un passé enfoui, m'ont communiqué l'un des dossiers les plus hallucinants qu'il m'ait été donné de consulter. Fort de cette documentation, je me dois donc de vous livrer la véritable biographie de Michel Catty, alias Michou.

Michou est né à Amiens, le 18 juin (retenez cette date), non pas 1931, mais 1930, ce qui explique qu'il fait un an plus jeune que son âge. L'accouchement fut difficile car l'enfant s'était présenté par le siège (ce que d'aucuns verront comme un signe prémonitoire). Mais plus grave, le nouveau-né ne respira pas tout de suite et devint tout bleu, jusqu'à ce que le médecin lui donne une tape sur les fesses. Le bébé poussa alors son cri : il était sauvé et survécut. Mais il restera à jamais marqué par cette couleur et cette douleur aux fesses.

Sa maman veut d'abord l'appeler Damien, mais elle imagine les quolibets que ne manquerait pas d'essuyer l'enfant lorsqu'il devrait se présenter en disant : « Je suis Damien, d'Amiens. » Elle décide donc de lui attribuer un prénom plus viril : Catty... je veux dire Michel.

Michel Catty ne fait rien comme les autres. Adolescent, il vend des journaux dans les rues d'Amiens, tandis que les jeunes de son âge en achètent. Les années passent. C'est en 1939, à 19 ans, dans un restaurant, que Michel Catty apprend l'invasion allemande, au moment où il attaque lui-même le plat de résistance (qu'il décide de rejoindre au plus vite. Non pas le plat, mais la Résistance).

Mais comment s'y prendre sans se faire prendre, et surtout comment ne pas se faire repérer par la Gestapo quand on s'appelle Catty ? C'est là qu'il a l'idée d'adopter un camouflage de couleur. Mais quelle couleur choisir ? Comme il venait de manger une truite au bleu, un steak bleu et qu'il s'apprêtait à attaquer un bleu d'Auvergne, tandis que la radio diffusait *Le Beau Danube bleu*, il choisit tout logiquement le bleu. Grâce à son déguisement de Schtroumpf, il réussit à traverser les lignes allemandes en se faisant passer pour le neveu de l'Oberschtroumpführer et rejoint le Général de Gaulle, en Grande-Bretagne. Le 18 juin 1940, c'est donc à Londres que Catty fête ses 20 ans. Le Général le félicite chaleureusement et l'embrasse à la russe. Michel Catty gardera longtemps un souvenir ému de la pelle du 18 juin du Général.

Mais ils savent aussi qu'ils ne sont pas là tous les deux que pour rigoler et se rouler des patins, mais qu'ils doivent surtout préparer le débarquement. Le jour J approche et il est décidé que Michel Catty intégrera le corps des parachutistes (ce qui le met en joie car il en rêvait depuis longtemps). Il saute donc sur la Normandie avec ses camarades, mais il atterrit à la verticale sur le clocher d'une petite église de campagne. C'est là qu'il aura la révélation de sa foi.

Le plus discret des Compagnons de la Libération marche ensuite sur Paris à la tête de ses troupes et libère la capitale, revêtu de sa célèbre tenue bleue qui ira bientôt rejoindre sur le drapeau de la France libre le blanc et le rouge qui composaient jusqu'alors le drapeau bicolore. C'est ensuite l'après-guerre et les petits boulots chez les maraîchers. On manque de tout et Michel Catty a alors une idée marketing de génie. Il propose aux clients disposant de faibles moyens de pouvoir acheter des demi-légumes à la moitié du prix. C'est un succès immédiat et les habitués des Halles ne tardent pas à l'affubler du sobriquet de mi-chou (littéralement, la moitié d'un chou) qu'il gardera jusqu'à nos jours (c'est lamentable, je sais, mais c'est la vérité historique).

Dans les années 50 et 60, il reviendra à ses premières amours, les para-commandos. Pour sa patrie, il sautera sur Diên Biên Phû, il sautera sur Kolwezi, bref, il sautera sur tout ce qui bouge. L'ultime consécration arrivera par le cinéma lorsque Luc Besson racontera sa vie dans *Le Gland bleu…* pardon, *Le Grand Bleu avec une chaussure noire*.

Et voilà. Je vous ai raconté la véritable histoire de Michou, mais il soutiendra que ce n'est pas la vraie, sa modestie et son humilité étant le signe des grands hommes. Ne croyez pas tout ce qu'il vous a raconté, Michel, car le seul credo de cet homme aura été durant toute sa vie, de travestir la vérité.

Cher
Alain Delon,

Bon, jusqu'ici, ça va... Je dis ça, parce que vous n'imaginez pas comme c'est impressionnant de vous écrire. Et Dieu sait si j'ai écrit des lettres à des gens importants : des acteurs, des chanteuses, une baronne, un amiral, une impératrice... et même, il y a une quarantaine d'années, au Père Noël, c'est vous dire ! Mais à vous, c'est différent. C'est comme si on écrivait au Dalaï-Lama, au Pape, ou mieux, à son supérieur hiérarchique direct. Vous voyez de qui je veux parler ? À des personnes comme celles-là, on n'écrit pas n'importe comment ! Comme ça, sur un coin de table, le mégot aux lèvres. Non ! On se lave les mains et on tourne sept fois sa plume dans l'encrier avant de rédiger la première ligne, on fait un brouillon et on cherche la formule à adopter :
Cher Monsieur Delon... Un peu sec...
Cher Lainlain... Un peu familier...
Ô Toi, le plus grand de tous les grands, Toi, dont le seul nom évoque à la fois la grâce, la force, le talent, la France... Un peu trop cire pompes, quoique je

pressente que ça ne doit pas vous déplaire totalement...

J'ai finalement choisi « Cher Alain Delon », ce qui me semble être, tout réfléchi, ce qui vous correspond le mieux.

À ce stade-ci, vous devez être en train de vous dire : « Mais bon sang ! Est-ce qu'il va la commencer sa lettre, cet abruti ? »
À quoi je vous répondrai, d'une part, que si vous m'interrompez tout le temps, on n'y arrivera jamais et, d'autre part, que je ne vous autorise pas à me traiter d'abruti, attendez au moins la fin de la lettre !

Cher Alain Delon,
Comment ne pas être impressionné de se retrouver face à la moitié de l'histoire du cinéma. Les frères Lumière (qui, je le rappelle aux jeunes téléspectateurs, sont morts d'une coupure de courant. Eh oui ! Ça a été très triste, la fin de leur vie aux frères Lumière : il y en a un qui avait des ampoules partout, ça lui a fait péter les plombs et, pouf, il s'est éteint. Et l'autre, qui s'appelait Claude-François Lumière, est mort dans sa baignoire, dans des circonstances mystérieuses.) Les frères Lumière, disais-je, ont éclairé les débuts du 7e Art, vous en avez illuminé la maturité. C'est pas mal tourné ça, tiens ! Il y a des jours où je me demande parfois comment j'arrive à pondre des trucs pareils !
Mais revenons à vous, cher Alain, et à votre fabuleux parcours cinématographique. Nos plus jeunes téléspectateurs n'ont bien sûr pas connu vos débuts, ils ignorent sans doute que vous avez commencé par tourner du X :

– *Rocco Siffredi et ses frères*, de Visconti,

– *En plein dans le soleil*, de René Clément,

– *Viens me jouer une mélodie dans le sous-sol*, de Verneuil,

– *Le gland des Siciliens*, du même Verneuil et

– *L'éjaculateur précoce*, d'Édouard Molinaro... Ah !
Non ! Excusez-moi, on me signale qu'il s'agit de
L'homme pressé. Oui, mais enfin ! C'est un peu la
même chose, non ?

Ensuite, comme chacun le sait, vous avez enchaîné
triomphes et chefs-d'œuvre, en côtoyant tous les
genres :

– le film d'aventures, avec *Les Aventuriers*,

– le documentaire animalier, avec *Le Guépard* ou *Les
Félins*,

– et la comédie, avec *Zozzo*, je veux dire *Zorro*.

Mais je ne vais pas non plus refaire la liste de tous
les films que vous avez tournés, Michel l'a fait remarquablement cet après-midi.

Figurez-vous que ce n'est pas votre vie que nous
avons vu défiler dans *Vivement Dimanche*, c'est la
nôtre, car chacune de vos créations a marqué notre
parcours, depuis *Fantasia chez les Ploucs* jusqu'au
Lion.

Et ce n'est pas un hasard que vous vous intéressiez
à ce point aux grands fauves car vous en êtes un
vous-même : votre regard hypnotise vos proies, vous
pouvez avoir la dent dure, vous avez dévoré la vie,
certains ont voulu votre peau et de nombreux produits de luxe portent votre griffe...

Mais trêve de plaisanterie à deux balles, arrivons à
ce que je voulais vous dire vraiment :

Cher Alain Delon,

J'ai toujours eu de vous l'image de quelqu'un d'extrêmement sûr de lui, voire arrogant. Cette image est en train de changer. Chez Fogiel, vous avez dit des choses qui m'ont ému, sur vous-même et sur les blessures de l'existence ; dans plusieurs interviews récentes, vous exprimez vos doutes, vos angoisses et vos fêlures, et je me demande si toute la sensibilité qui est en vous et que vous avez toujours utilisée dans votre métier d'acteur, n'est pas en train de tout doucement déteindre sur le bonhomme.

Il y avait ce Delon charmeur, fort et infaillible qu'on aimait admirer. Je me demande si un autre Alain n'est pas en train de naître, profond et sensible et qu'on aimerait aimer.

Cher
Michel Barnier,

Vous avez 54 ans et vous ne les faites pas. Vous êtes né le 9 janvier 1951 à La Tronche et vous ne la faites pas non plus. Pardonnez-moi cette plaisanterie facile, d'autant que j'imagine ne pas être le premier à vous la servir, mais c'eût été pour moi une faute professionnelle de ne pas relever cette particularité toponymique. Aujourd'hui, vous êtes souriant car vous êtes de ceux qui ont fait La Tronche. Et les quelque 6 000 Troncheurs restés au pays – je ne sais pas si on doit dire Troncheurs, Troncheuses ou Tronchiens, Tronchiennes – bref, les Tronchiningiens sont fiers d'assister à la réussite planétaire de l'enfant du pays. Je dis bien planétaire, car si les attributions du ministre des Sports sont la gestion des équipements sportifs et l'entraînement de quelques costauds qui tapent dans la baballe, barbotent dans des piscines ou essaient de lancer des javelots, des dis-

---

1. Michel Barnier, ministre des Affaires étrangères de 2004 à 2005, gérait le dossier des journalistes français retenus en otages en Irak.

ques ou des marteaux (sur des juges, en les loupant d'ailleurs la plupart du temps), si le métier de ministre de la Culture consiste surtout à aller s'asseoir au milieu d'une salle de spectacle dont il ne peut s'échapper pendant qu'un acteur lui lit les revendications des intermittents, ou à aller serrer la pince à des barbouilleurs, en évitant de se faire des taches de peinture partout, ou encore à assister au *Cid* de Corneille... (Ici, j'ouvre une parenthèse à l'intention de nos plus jeunes téléspectateurs : *Le Cid* de Corneille est une pièce de théâtre dont l'auteur est Corneille, à ne pas confondre avec le site de Corneille consacré au chanteur Corneille... Fermons la parenthèse), si la fonction de ministre de l'Éducation revient surtout à organiser de grandes promenades de lycéens dans les rues pour leur dégourdir les jambes, ankylosées par trop d'heures de station assise, la charge de ministre des Affaires étrangères est d'une autre dimension. Lui incombent les relations de la France avec le monde entier, son terrain de jeu n'est autre que la planète, et en termes de mètres carrés, ça a autrement de la gueule que le ministère de la Ville ou de l'Aménagement du territoire !

Le ministre des Affaires étrangères est en relation avec environ six milliards et demi d'individus. Il est celui qui a le plus gros carnet d'adresses du gouvernement. Bien sûr, il n'a pas six milliards et demi de numéros de téléphone dans son carnet, car tout le monde n'a pas le téléphone sur la planète. Il n'empêche que ça doit être un métier harassant, vu que le monde ne s'arrête jamais de tourner et que quand on se repose chez nous, on continue à bosser aux antipodes. À l'échelle du monde, on ne connaît pas les 35 heures. Ce sont les 24 h sur 24, un peu comme pour la fille qui prend les messages chez mon opérateur de téléphonie mobile : elle bosse jour et nuit, cette fille ! Toujours d'humeur égale, elle m'appelle pour me dire « Vous avez 3 nouveaux messages », qu'il soit 9 h du matin ou 22 h 30. Elle ne s'arrête jamais. Je plains son mari qui ne doit pas la voir souvent. Parfois, j'essaie de la faire rire en lui racontant des trucs, mais elle est hyperpro et garde son sérieux. Elle a sans doute peur de perdre sa place.

Vous, c'est un peu la même chose, Monsieur le Ministre, car il vous faut gérer 24 h sur 24 tout ce que la France doit dire au monde et tout ce que le monde veut dire à la France, et, dans ce domaine, il convient plus qu'ailleurs de ne jamais commettre d'impair, de ne heurter aucune susceptibilité et, bien sûr, de ne jamais pouffer lorsqu'un interlocuteur porte un nom rigolo ou un costume national inadapté.

Proposeriez-vous à des Inuits sollicitant une entrevue en plein milieu de la canicule, habillés de peaux d'ours et de phoques, par 40 °C à l'ombre, leur proposeriez-vous de sucer des Esquimaux pour se rafraîchir ? Non, car dans votre métier, il vous faut bannir de votre langage la moindre expression ou le moindre geste qui pourrait froisser l'un de vos homologues et déclencher une crise internationale majeure. Tout le monde se souvient du mot malheureux d'Édith Cresson à l'adresse des Rosbifs... euh, je veux dire... de nos amis anglais. Chacun a encore en mémoire ce geste malheureux de l'ambassadeur moldave qui, lors d'un colloque sur la préservation de la forêt amazonienne, avait pris l'espèce de soucoupe que le chef indien Raoni porte dans la lèvre inférieure, pour un cendrier et y avait éteint sa cigarette. La tension moldavo-amazonienne avait été extrême à l'époque. Il vous faut constamment marcher sur des œufs. Et même ça, dans un monde où près d'un milliard d'individus ne mangent pas à leur faim, ça fait des taches... je veux dire, ça fait tache.

Mais vous savez, nous aussi, dans notre métier, nous devons faire gaffe à ce que nous disons, et la responsabilité de Michel est immense à une heure d'aussi grande écoute. Ardisson et Baffie, à 23 h 30, peuvent se permettre de poser à leurs invités des questions choquantes. Mais on n'imagine pas Michel Drucker, le dimanche après-midi, demander à ses invités si pour eux, sucer c'est tromper.
Il demandera, à la rigueur, si sucer son pouce c'est tromper l'ennui, mais rien de plus. Jean-Pierre Coffe évitera de servir de la raie ou des moules, pour éviter tout dérapage verbal. Quant à moi, rien de tout cela, je dis toujours ce que je pense. Et ce que je pense, en ce moment, c'est que nous sommes heureux de pouvoir accueillir l'un des papas des jeux Olympiques d'Albertville, un ardent défenseur de l'environnement et, nous l'espérons, le prochain artisan de la libération de nos otages.

Bienvenue, Monsieur le Ministre.

Cher
Philippe de Gaulle,

Ou dois-je vous appeler Mon Admirable ? Comme l'a fait Michel Drucker en me téléphonant, il y a quelques semaines, pour m'annoncer que nous allions recevoir tout un dimanche « L'Admirable Philippe de Gaulle ».

Un peu surpris par tant de servilité, mais pas tout à fait étonné non plus, venant de la part d'un homme qui porte en aussi haute estime Sheila que Maria Callas et Jacques Faizant que Velázquez, je lui fis remarquer qu'il faisait erreur, non pas sur la personne, certes admirable, mais sur le grade. Il me réponda (oui, il fait parfois des fautes de conjugaison) : « Je vérifie et je te rappelle. »

Ce qu'il fit quelques instants plus tard en m'affirmant que c'est moi qui avais mal compris et que nous recevions en réalité l'Amiral Philippe de Gaulle, officier de narine et capitaine au long cou (merci Chaval).

Je ne m'étendrai pas sur l'inféodation croissante de cette émission à l'armée, mais n'oublions tout de même pas que notre animateur préféré a réussi, en quelques mois, à faire plus de propagande militaire sur France 2 que l'ORTF n'en avait fait en vingt ans. Réjouissons-nous de ce que son délire va-t-en-guerre se développe en démocratie et dans un pays en paix. Que serait-il advenu si Michel avait été speaker à la télévision soviétique sous Brejnev, à Radio Téhéran sous Khomeyni, ou à RTC (Radio Télévision Chili) sous Pinochet ? Nous l'aurions sans doute vu apparaître à l'antenne en uniforme, une kalachnikov en bandoulière. Le week-end, il n'aurait pas fait du vélo, mais de l'autochenille, il n'aurait pas fait de natation, mais de l'hélicoptère. Ah ! On me signale qu'il en fait déjà. Eh bien, qu'est-ce que je disais !

Mais nous ne sommes pas là pour parler de lui, mais bien de vous, mon ami Ralf… euh, je veux dire, mon Amiral ! Rappelons en quelques mots votre carrière :

Vous êtes né le 28 décembre 1921.
Vous fîtes une brillante carrière militaire qui vous conduisat… vous conduisit… (Excusez-moi, mais pendant mon service, j'ai été l'aide de con d'un illettré et ça a déteint.) jusqu'au grade d'amiral.

En 1944, vous avez libéré Paris. Enfin, pas vous tout seul, vous faisiez partie des fusiliers marins de la 2e DB.
Vous fûtes ensuite pilote de chasse et vous avez réalisé les premiers appontages nocturnes avec des avions TBM Avenger, sur l'Arromanches. Et pour réaliser de telles choses, me disait Michel, il faut en avoir… du courage !

Depuis septembre 86, vous êtes sénateur.

Notons également que vous êtes membre de la Commission des Affaires étrangères de la Défense et des Forces armées et membre du groupe UMP.
Vous avez aussi écrit des livres.

Voilà, je crois que j'ai tout dit.

Ah ! Non ! J'oubliais ! Et ce sont Éric et Grégoire (qui nous aident à préparer l'émission) qui me l'ont rappelé tout à l'heure : il paraît que votre père a connu une certaine notoriété à une époque, en faisant des émissions de radio à la BBC.

Bienvenue sur ce divan, Philippe de Gaulle !

Cher
Louis de Funès,

Je ne sais pas si vous recevrez ma lettre. J'ignore si le courrier est distribué au paradis. Car c'est là que vous résidez, m'a-t-on dit.

J'imagine que je ne suis pas le seul fan à vous écrire. Et si vous lisez tout le courrier que vous recevez, ça ne doit pas vous laisser beaucoup de temps pour cultiver votre potager céleste, dans lequel, fidèle à votre habitude, vous vous refusez à semer des navets, légume dont vous avez toujours redouté la promiscuité, tant au jardin qu'au cinéma.

L'amour de la nature et des fleurs était votre jardin secret : vous cultiviez, vous par ailleurs homme cultivé, des primeurs de petite taille, car vous vous êtes toujours méfié des grosses légumes dont vous ne recherchiez pas la compagnie ici-bas. Et j'imagine que vous êtes bien embêté aujourd'hui de devoir les fréquenter. Est-ce qu'au moins vous les faites rire là-haut, comme vous continuez à nous faire rire ici ?

Est-ce que vous continuez à inventer de saintes facéties qui leur font agiter les ailes (et du coup, ça nous fait du vent) ? Est-ce qu'avec vos maîtres, Buster Keaton, Charlie Chaplin, Laurel et Hardy, vous les faites pleurer de rire (et à nous, ça nous fait de la pluie) ? Est-ce bien vous qui saluez sous ce tonnerre d'applaudissements que nous entendons quand il y a de l'orage ? Parfois, nous apercevons même les éclairs, il s'agit sans doute du crépitement des flashes des anges photographes.

En un mot, est-ce qu'on rigole enfin au paradis, depuis que vous y siégez ? Et à ce propos, si vous Le croisez un de ces jours, dites de ma part au Bon Dieu qu'Il est, sauf Son respect, un sacré égoïste de vous avoir rappelé à Lui pour Son bon plaisir. Je veux bien comprendre qu'Il devait commencer à S'ennuyer depuis le temps, avec des prix Nobel, des grands philosophes, des papes, des grammairiens de renom et des peintres de génie, mais de là à vous ravir à nous pour Son bon plaisir, il y a de la marge ! Surtout qu'Il ne S'est pas arrêté là : Il a fait suivre Thierry Le Luron, Reiser, Coluche, Bruno Carette, Jean Poiret, Jacqueline Maillan et tout récemment Jacques François.

Il aurait pu Se faire livrer des cassettes ou des DVD, avec les moyens qui sont les Siens, mais pas les artistes eux-mêmes, quand même ! Je trouve ça vraiment gonflé, sous prétexte qu'on est le patron, de s'octroyer ce genre de privilège ahurissant. Je veux bien admettre qu'Il a travaillé comme personne pendant six jours, mais on ne va pas non plus en faire tout un monde. Après ces six journées de labeur, Il S'est arrêté. Et moi, je dis qu'on n'a jamais vu quelqu'un prendre sa retraite après une semaine de boulot. Même Martine Aubry qui s'est battue pour la diminution du temps de travail ne serait pas allée jusque-là. Ça n'existe pas ! Il n'y a qu'à voir où va le monde, d'ailleurs. Au départ, le produit était bon, mais le service après-vente laisse à désirer. Moi, je dis : Il n'aurait jamais dû sous-traiter.

Eh bien, justement, Louis de Funès n'était pas comme ça : il était travailleur, lui, perfectionniste ! Il ne laissait rien au hasard. Il ne s'est jamais arrêté, lui ! Il y a d'ailleurs laissé sa santé. Avec les conséquences que l'on sait. Alors maintenant, il cultive des légumes bio au paradis et il soigne son potager aux petits oignons. Je ne vous raconte pas des salades. On dit même qu'à côté des haricots et des brocolis, il a semé des fleurs pour celle qu'il aime.

Et j'en ai la preuve : un coursier est venu déposer ce bouquet pour vous, Madame. *(P.G. offre les fleurs à Madame de Funès, présente sur le plateau.)* C'était un coursier comme je n'en avais jamais vu auparavant. Il ne roulait pas en scooter et ne portait pas de casque, il avait juste deux grandes ailes dans le dos...

Cher
Karl,

Je ne sais pas si je dois dire Cher Karl Lagerfeld ou Cher Karl Mager Schnell, votre nouveau patronyme (signifiant littéralement « maigre rapidement ») sous lequel vous signez une méthode d'amincissement qui semble porter des fruits, si l'on en juge par votre silhouette filiforme à côté de laquelle Kate Moss, Inès de la Fressange ou Twiggy passent pour les trois obèses de service.

Avec cet ouvrage, vous rejoignez sur les étagères de nos bibliothèques les plus grands noms de la diététique : Rika Zaraï, Paul-Loup Sulitzer, Régine, Montignac... Comment ça, Régine ? Ah ! Non, je me relis mal, j'avais écrit régime, régime Montignac, bien sûr. Bref, tous ceux qui ont fait leur beurre en conseillant aux autres de ne plus manger. Mais nous ne sommes pas ici que pour parler régime, même si en retraçant votre parcours, je devrais obligatoirement évoquer le régime nazi, au milieu duquel vous avez vu le jour.

En effet, vous êtes né le 10 septembre 1938. Neuf jours avant votre premier anniversaire, Hitler envahit la Pologne. Si elle émeut le monde entier, cette nouvelle ne semble pas vous concerner, puisque vous ne faites aucune déclaration à cette époque. Vous vous contentez de dire *Areu areu*, mais déjà très très rapidement. Dans les années qui suivent, pendant que la planète s'entre-déchire, loin du bruit des bombes, vous gambadez dans la verdoyante campagne germanique, au milieu de Hildegarde, Claudia, Annegreete, Kätchen et Liselotte, les vaches que votre Papa trait chaque jour pour fabriquer le lait condensé (nous préférons *condensé* à *concentré*, surtout à cette époque) dont il a importé le procédé. Pendant ce temps, votre Maman stradivariait. Je veux dire par là qu'elle jouait du violon tandis que les voisins faisaient des rondes en iodlant et cueillaient des saucisses de Francfort sur les choucroutiers en fleurs.

Quand on pense qu'au même moment, Michou et le général de Gaulle se roulaient des pelles à Londres, on se dit qu'à cette époque, il y avait vraiment deux poids, deux mesures !
Deux poids, deux mesures ! Quel habile enchaînement pour revenir à ce qui nous occupe. Et ceux qui nous occupent à cette époque, ce sont les Allemands. Mais plus pour très longtemps car Michou et le Général vont nous libérer du joug nazi en débarquant sur les plages de Normandie au son du célèbre *Cha-ba-da-ba-da*.
Moins de dix ans plus tard, comme les carabiniers d'Offenbach, c'est vous qui débarquez à Paris pour présenter vos premiers croquis. Les plus grandes maisons repèrent immédiatement le génie qui vous

habite et vous en boche... ou plutôt vous embauchent.

Vous parlez français avec un tel accent allemand qu'on se demande si vous ne le faites pas exprès, pour nous faire rire. À côté de vous, Francis Blanche dans *Babette s'en va-t-en guerre* paraît presque sobre. Vous portez les mêmes lunettes que Ray Charles, mais ici s'arrêtent les points communs car vous taillez des blouses pour Claudia tandis que lui en chante pour Georgia. Vous êtes pacifiste, mais vous parlez comme une mitraillette. Vous parlez tellement vite qu'on n'oserait jamais vous demander de nous lire la dictée de Pivot de peur de n'arriver à écrire qu'un mot sur quatre.

Vous êtes aussi cultivé que Jean d'Ormesson, Jean-Claude Carrière et Albert Jacquard réunis. Mais vous n'en faites pas état car vous détestez étaler votre culture et sur ce point, mais seulement sur ce point, vous rejoignez quelques chanteurs ou héros de la téléréalité qui eux non plus n'étalent pas leur culture et dont je ne dirai pas les noms, car on pourrait croire que je veux faire comme vous : tailler des costards.

Loin de moi cette idée ! Vous le savez, Michel et moi ne disons jamais de mal des autres, enfin surtout de ceux qui sont plus forts que nous.

Vous parlez couramment plusieurs langues, certains disent que celle que vous préférez est la langue de vipère. Ce dont vous vous défendez vigoureusement, en disant, je vous cite : « Je ne suis méchant que par vengeance. Je peux être redoutable avec ceux qui

m'ont fait du mal, sinon, je suis la plus brave patate
que la terre ait portée ! »

So, *Willkommen, teure Kartoffel* !
Alors, bienvenue, chère Patate !

Chère
Vanessa Paradis,

On ne choisit pas ses parents.
On ne choisit pas sa famille.
On ne choisit pas son destin.

Or, si vous n'échappez pas à la règle, il semble que vous n'auriez pu faire de meilleur choix si vous en aviez eu l'opportunité. En réalité, votre vie ressemble à un conte merveilleux : le jour de votre baptême, les fées se sont réunies autour de votre berceau et vous ont accordé toutes les qualités. L'une vous a donné la beauté, l'autre la grâce, la troisième la détermination, la quatrième une voix d'ange, la cinquième la sensibilité, la sixième le talent… Je ne vais pas pouvoir toutes les citer, car ce jour-là, il y en avait 99 au total. Elles étaient d'ailleurs venues en autocar, tant l'annonce de votre naissance avait fait du bruit dans le pays. Et dans l'euphorie générale naissante (elle aussi), autour du couffin, on entendit tout à coup un crissement de pneus devant la maison, suivi d'un claquement de portière. C'était la fée Carabosse que l'on avait complètement oublié d'inviter et qui se pointait à la fête au volant de sa vieille 405, en écumant de rage ! Elle avait sans doute été prévenue par la fée Faux-Derche (qui n'hésitait jamais à mettre de l'huile sur le feu). Elle n'était vraiment pas contente du tout et proférait des menaces à qui mieux mieux. Lorsqu'elle arriva devant l'enfant, c'est-à-dire vous, Vanessa, elle lui jeta un sort : « Je ne peux rien t'enlever de ce que ces pétasses t'ont accordé, mais voici ce qui t'arrivera : ta carrière démarrera très tôt et tu auras beaucoup de succès très jeune ! » Elle pointa sa baguette vers vous, cela fit une sorte de *Pchouuuu* avec de la lumière et elle tourna les talons. Les autres fées, un peu interloquées, se regardèrent en pouffant et en rajustant leur hennin :

— Elle se fait vieille, la Carabosse !
— Ouais, elle a perdu de son mordant...
— Si c'est tout ce qu'elle a trouvé comme mauvais sort, elle n'est plus ce qu'elle était...

Or, aucune d'entre elles ne se doutait que le sortilège que la méchante fée vous avait lancé était diabolique puisque à l'âge de 15 ans, vous alliez connaître une période à la fois magique et terriblement éprouvante. Vous alliez connaître le succès comme l'avait prédit Carabosse, mais aussi affronter la haine, le mépris, la jalousie, la lâcheté. D'autres que vous n'y auraient pas résisté, mais vos 99 qualités vous aideront à triompher de cette malédiction. Merci les bonnes fées !
La 92e, qui avait prédit qu'un jour un prince charmant vous emporterait et ferait naître dans les choux et les roses de votre potager de jolis bébés, cette fée-là non plus ne s'était pas gourée.

« Mais, me direz-vous, qu'est devenue la fée Carabosse ? » Eh bien… elle s'est reconvertie dans la télé-réalité. Elle bosse sur une grande chaîne commerciale et elle lance des sorts à tour de bras. Elle promet à des tas de mômes la réussite et la gloire, mais ces jeunes prodiges n'ayant pas tous reçu la visite des autres fées risquent de se retrouver fort dépourvus lorsque la bise sera venue et que les projecteurs se seront éteints. Et partir dans la vie avec pour seul bagage l'enchantement de Carabosse, ça fait un peu froid dans le dos, même si l'adversité fait partie de ces choses qui rendent les êtres plus forts, et que vous en êtes la preuve éclatante.

À cet instant précis de ma lettre, j'ai posé ma plume pour faire appel à un ami qui vous connaît bien et lui poser quelques questions vous concernant. Je n'oserais répéter les louanges que Patrice Leconte a proférées à votre égard tant elles vous feraient rougir. Il a terminé en me disant :
— Tu sais, mon vieux…
Oui, il m'appelle son vieux, alors qu'il a sept ans de plus que moi. Il est gonflé comme mec. Quand même ! Il fait plus jeune que moi, certes, mais ce n'est pas une raison ! Ils sont incroyables, ces vieux ! Et je ne dis pas ça pour vous, Michel, vous le savez bien. Bref, où en étais-je ? Donc, Patrice me dit :
— Tu sais, mon Philou, …
Oui, quand je lui dis que je n'aime pas qu'il m'appelle son vieux, il m'appelle son Philou. Il y a dans cette expression un côté « mon vieux Milou » qui ne me déplaît pas…
— Tu sais, mon Philou…
— Oui, enfin, je le saurai quand tu auras craché ta Valda, Patrice, parce que ça fait trois fois que tu commences ta phrase et je ne sais toujours rien !

— Je ne vais pas non plus faire des films jusqu'à 85 ans. Je vais encore en réaliser quelques-uns et puis j'arrêterai. Eh bien, je ne veux pas arrêter de tourner sans avoir fait encore un film avec elle.

Il m'a aussi dit que vous étiez une sorte de fée Clochette qui rendait plus joli tout ce qui l'entourait. Visiblement, vous avez hérité des dons de vos marraines puisqu'à travers l'association Rêves vous aidez à réaliser les rêves d'enfants malades et hospitalisés.

Pour terminer, permettez-moi de vous dire, chère Vanessa, qu'un vieil athée comme moi se dit que si le paradis vous ressemble, ça va finalement valoir le coup de se mettre à croire en Dieu.

Cher
Jean Rochefort,

Ce que j'ai à vous dire demande un préambule, car vous pourriez mal comprendre mes propos. Sachez que je suis hétérosexuel pratiquant et même, n'ayons pas peur des mots, intégriste. Maintenant que vous savez cela, je peux bien vous l'avouer : je vous aime. Non pas comme tant d'admirateurs qui louent votre talent, votre affabilité et vos airs de gentleman. Non, moi, c'est différent : je vous aime d'amour. Moralement bien sûr, mais aussi physiquement. Et je le répète, sans aucune ambiguïté. Je vous trouve beau. Mais je ne vous désire pas pour autant. Comme on peut admirer un tableau de Van Gogh, sans pour autant vouloir passer la nuit avec lui. Comme on peut se passionner pour l'érection d'une statue, sans pour cela vouloir y entrer soi-même.

Mais nous devons bien nous l'avouer, cher Jean, notre amour est impossible. Car je le vois bien, je vous parle de statue et vous restez de marbre et j'ai beau retourner le problème dans tous les sens, rien ne fonctionne.

Ça aurait pu marcher si l'un de nous deux avait été une fille. Mais je ne suis même pas sûr que vous auriez posé votre regard sur une dessinatrice d'un mètre quatre-vingts, belge et chauve. Et si vous en aviez été vous-même une, votre voix grave et votre moustache ne m'auraient sans doute pas attiré, malgré les talons aiguille et les boucles d'oreilles.

Je ne peux même pas vous aimer comme un père. Nous ne nous ressemblons pas et les commentaires iraient bon train. Je ne peux pas vous aimer comme un fils, car ça voudrait dire que je serais devenu papa 24 ans avant ma naissance. Et ça, ça ne s'est jamais vu. Comme un frère ? Pour cela, il faudrait imaginer que ma mère vous aurait mis au monde quand elle n'avait que 6 ans. Vous voyez bien que notre amour est impossible...

Je dois donc me contenter de vous adorer comme tous les adeptes de votre secte. De brûler des cierges sur un autel, en m'inclinant respectueusement vers Rambouillet et en psalmodiant votre nom.
Car voilà bien une chose : que vous le vouliez ou non, vous faites partie de ma vie. Vous êtes l'acteur préféré de mes films préférés : de *Cartouche* à *Ridicule*, du *Grand Blond* à l'*Horloger de Saint-Paul*, des *Tribulations* au *Crabe Tambour*, d'*Un éléphant* à l'*Homme du train*, et j'en passe car la liste serait trop longue. Et bizarrement bien plus longue que celle de votre filmographie complète. Et c'est là que ça devient un peu inquiétant. Vous devez être le seul acteur qui donne l'impression d'avoir joué dans des films dans lesquels il n'apparaît pas. Ainsi, en préparant cette émission, m'amusé-je à faire défiler dans ma tête des

images de tous vos rôles, et sans que j'en aie le contrôle, sont apparues des scènes de *La Belle Américaine*, du *Gendarme à Saint-Tropez*, de *Pierrot le fou*, des *Trois Mousquetaires* (de Richard Lester), ou de *Vincent, François, Paul et les autres…*, persuadé que vous en étiez, jusqu'à ce que je constate mon erreur en consultant ma documentation.

Vous pouvez être fier de vous, cher Jean, vous avez à ce point marqué le cinéma français que l'on vous attribue des rôles que vous n'avez pas joués. Au fond, n'est-ce pas cela l'immortalité ? Être loué et admiré pour ce que l'on n'a pas fait. C'est comme Dieu. Voilà des siècles et des siècles qu'on le célèbre, qu'on le félicite et qu'on le remercie pour son œuvre. Et personne n'est tout à fait sûr que c'est vraiment lui qui a tout fait. Mais dans le doute, c'est vrai, il vaut mieux dire merci.

Alors permettez-moi, cher Jean Rochefort, de vous remercier pour tout ce que vous avez fait, et aussi pour tout ce que vous n'avez pas fait. Car même ce que vous n'avez pas fait, vous l'avez fait admirablement.

Chère Vanda Maria Ribeiro Furtado Tavares de Vasconcelos,

Vous êtes née le 17 juin 1962 au Portugal. Pour vous, l'appel de la vie a été plus fort que celui du 18 Juin et votre tempérament s'est manifesté sans attendre, puisque vous avez interprété votre première chanson, intitulée *Le Cri du nouveau-né* à 19 h 50. Ce qui a permis à Antonio Silva de Muros y Martinez, le PPDA portugais, d'annoncer dans les titres du journal de 20 heures la naissance de la future chanteuse et actrice Lio. Dès cet instant, les commentaires y sont allés bon train. Certains voyaient dans cette vocifération l'annonce du renouveau du Fado, d'autres prétendaient qu'il s'agissait d'un hurlement de révolte contre le régime dictatorial de Salazar. En ce 17 juin 62, la polémique était née et la petite Wanda la bramait à pleins poumons. Je dis la petite Wanda, mais j'aurais pu dire la petite Lio, car elles vous habitent toutes les deux. Sont-elles jumelles, siamoises, ne font-elles qu'une ? C'est ce que nous allons tenter de découvrir, ma chère Lio Tavares y Bananas.

Vous triomphez à Paris depuis vingt-six ans, mais débarquiez-vous de Bruxelles ou de Lisbonne ? Êtes-vous actrice ou chanteuse ? Grande amoureuse ou mère courage ? Interprète de *Banana Split* ou des *Feuilles mortes* ? Pasionaria ou Lolita ? Fromage ou dessert ?

Dans votre livre autobiographique, il me semble avoir perçu comme la tentative d'ouverture d'une fenêtre dans le mur d'incompréhension qui paraît vous entourer. Là où l'on attend Lio, c'est Wanda qui déboule ; là où l'on croit écouter Wanda, c'est Lio qui susurre. Y aurait-il du Doctoresse Jekyll et Misses Hyde en vous ? Sans doute ! Car lorsque vous exprimez avec fougue vos convictions, Simone de Beauvoir et Gisèle Halimi battent dans vos veines. Les grincheux diront que la différence entre elles et vous, c'est que Simone et Gisèle n'ont jamais chanté *Banana Split* en dessous vaporeux, à califourchon sur une banane géante de carton-pâte. Et alors ? Peut-être ont-elles loupé quelque chose ? Pourquoi n'aurait-on pas le droit de montrer ses fesses ET de militer contre la violence conjugale ? Pourquoi le clown ne pourrait-il pas de temps en temps retirer son nez rouge pour dire ce qui lui transperce le cœur ? Était-il raisonnable que Coluche tende la main à ceux qui ont faim ? Joséphine Baker, votre grande prédécesseresse ès bananes, avait-elle le droit, après avoir rendu les hommes fous de désir, d'entrer dans la résistance et de consacrer la fin de sa vie à l'adoption d'enfants ? Zut après tout ! Et puis merde et puis crotte ! C'est vrai, quoi, à la fin ! On fait ce qu'on veut et l'on est ce qu'on peut ! Et vous, lionne ou vandale, vous pouvez énormément. Vous chantiez ? Eh bien, dansez maintenant ! Jouez la comédie et faites-nous un septième enfant, que vous baptiserez Atchoum. Soyez heureuse et rendez-le nous au centuple !

Je vous demande pardon d'avoir été un peu sérieux, cela m'arrive aussi lorsque j'écris avec mon cœur. Je ne voudrais pas terminer cette lettre sans adresser un salut amical au chauffeur de taxi tunisien qui m'a déposé ici, cet après-midi. Il vous admire beaucoup et vous embrasse fraternellement.
« Vous n'oublierez pas, m'a-t-il dit, de saluer la mémoire des trois personnes qui ont donné à la petite Wanda l'envie de faire ce métier : Lio Ferré, Lio Ventura et Lio Zitrone. » Voilà qui est fait.

Cher
Jean-Claude Gaudin,
Cher Jean-Pierre Foucault,

Merci d'inaugurer avec nous cette saison et ce *Vivement Dimanche* d'un nouveau genre, consacré non pas à une personne, mais à une ville et donc à 8 ou 900 000 personnes que la taille de nos divans ne permettrait pas de recevoir toutes en une fois. Voilà pourquoi elles sont représentées ce soir par leur Maire et l'un de leurs pairs.

Cette émission est tout à fait particulière, par la taille de son invitée, mais aussi par l'ampleur des sujets qui la concernent, et je ne vous raconte pas la quantité de travail que nous avons abattu pour la préparer… Car jusqu'à présent, la documentation, même lorsque nous recevions une très vieille actrice ou un politicien cacochyme, la documentation, disais-je, ne concernait jamais que sept ou huit décennies, alors qu'aujourd'hui, le parcours de notre invitée embrasse vingt-six siècles d'Histoire. Aussi excuserez-vous, je l'espère, les quelques raccourcis qu'il me faudra inévitablement emprunter çà et là.

Marseille est donc née en l'an 600 avant J.-C. (non pas Jean-Claude mais Jésus-Christ) lorsque les Phocéens (les Grecs d'Asie Mineure) furent chassés de leurs villes par les Perses. Ils fuirent par la mer et débarquèrent ici en y apportant la vigne, l'olivier, la poterie, la monnaie et l'écriture.

Nous décelons à cet instant précis le signe de gens exceptionnels ! Je ne sais pas, moi, je serais chassé de ma ville, je me casserais vite fait. Eux, non. Ils se disent : on ne va pas voyager sans rien. Et pendant que les Perses sont là en criant : « Allez ! Allez ! Il faut partir », eux marmonnent : « Oh ! Une minute ! Nous devons emporter la vigne, l'olivier, la poterie, la monnaie et l'écriture ! » Le caractère marseillais était né : celui du type à qui on ne la fait pas.

La traversée fut longue et difficile et le capitaine de la flotte, Gaudinos, eut l'idée de demander à l'un des passagers d'organiser des jeux pour distraire les autres et recruta celui qui parmi eux avait le plus grand sourire, un certain Foucos.

Ce dernier, ne sachant pas très bien quoi faire, questionnait ses compatriotes rendus peu amènes par la mer houleuse. Ils lui répondirent tous : « On a les boules ! », « Formidable ! » s'exclama-t-il, « J'ai moi-même un cochonnet, si on s'amusait un peu ? » La pétanque était née et Foucos devint l'animateur de jeux le plus populaire de la flotte phocéenne, même si les jours de tempête, il était plus difficile de jouer, car en raison du tangage, toutes les boules roulaient d'un côté et de l'autre du pont.

Gaudinos, Foucos et leurs amis, débarquèrent donc sur cette terre qu'ils baptisèrent Massalia, et fondèrent une dynastie qui traversera les siècles et les épreuves (comme la terrible peste noire de 1720 qui fit 50 % de parts de marché en décimant la moitié de la population).

Les guides touristiques racontent pudiquement que dans les années qui suivirent, la ville opéra un redressement démographique spectaculaire. En clair, les Marseillais, fidèles à leur réputation, pointèrent et tirèrent comme des fadas.

En 1792, un bataillon de six cents volontaires rejoint les vingt mille fédérés qui défendent Paris contre les Autrichiens. Il leur faudra un mois de marche et pour se donner du courage, ils chantent *Le Chant de guerre de l'armée du Rhin*, composé par Rouget de l'Isle et qui deviendra en 1795 l'hymne national, *La Marseillaise*.

Entre nous, c'est un peu bizarre qu'un type vienne de Lille pour écrire une chanson sur Marseille qui va remonter à Paris. Ça fait deux fois la route. Mais peu importe, car la France l'a échappé belle ! Imaginons un seul instant qu'en marchant si longtemps, la troupe se soit mise à chanter : « Un kilomètre à pied, ça use, ça use ! Un kilomètre à pied, ça use les souliers ! », c'est cette chanson-là qui serait devenue l'hymne de la France.

La Marseillaise n'est pas le seul cadeau que la cité phocéenne ait fait à la République... Il y en a bien d'autres. Je cite dans le désordre : le savon, le pastis, Jean-Pierre Foucault, la bouillabaisse, Pagnol,

Scotto, Rostand, Fernandel, Zidane, Béjart, les santons, l'OM, le tarot, les embouteillages...

Marseille a aussi participé à l'enrichissement de la langue française en imposant au dictionnaire des termes comme : fada, tchatche, jobastre, scoumoune ou pastaga. Et de si jolis mots pour évoquer la femme, comme : grognasse, poufiasse, radasse ou tromblon...

Le parler marseillais est pratiqué par tous les amoureux de la langue et parfois même sans qu'ils s'en rendent compte. Comme il y a quelques jours, pénétrant dans le bureau de Michel, qui ce jour-là n'était pas très bien rangé, je dis sans y réfléchir : « Oh ! Michel ! Ton cabanon, c'est un vrai cafoutchi, on dirait un cagadou plein de bordilles ! »

À quoi il me répondit : « Ce destrucci, y m'emboucane et je vais m'esbigner ! » Cela se passait il y a quelques jours, à Paris... Depuis, nous sommes à Marseille où nous avons passé des instants merveilleux. Et notamment hier soir, en dégustant une fondue savoyarde sur le Vieux Port.

Marseille n'est pas une ville que l'on traverse. C'est une ville où l'on arrive, et une ville que l'on quitte. Lorsqu'on la quitte, on ne souhaite qu'une chose, y revenir. Lorsqu'on y arrive, on ne souhaite qu'une chose : ne pas devoir la quitter.

Chère Jane Fonda,

Quelqu'un accepterait-il de me pincer ? Je crois que je rêve ! Vous êtes descendue du mur de photos de ma chambre d'adolescent pour venir vous poser sur le canapé de Michel Drucker ! Vous y figuriez, sur ce mur, en compagnie de quelques portraits emblématiques : les Beatles, Che Guevara, Frank Zappa, Martin Luther King, ainsi que plusieurs jeunes filles légèrement vêtues dont le nom m'échappe aujourd'hui. Votre photo se trouvait côté filles, bien sûr, mais pas pour les basses raisons sensorielles que l'on pourrait imaginer (bien que votre physique de rêve eût pu le laisser supposer), mais surtout pour votre courage et l'espoir d'un monde plus juste que vous symbolisiez. J'ai toujours perçu chez vous un aspect christique dont je viens d'avoir la confirmation en lisant *Ma Vie*. Petite remarque en passant, le titre est mal choisi : vous auriez dû l'appeler *Mes Vies*, tant il semble qu'au cours de votre existence, vous vous soyez réincarnée plusieurs fois en une autre vous-même. Mais revenons à ce que je disais il y a un instant, je vous comparais au Christ et à la lecture de votre livre, tout s'éclaire : depuis très jeune, vous semblez avoir décidé de porter le poids du monde sur vos épaules. Il y a la disparition tragique de votre maman, puis la distance et la froideur d'un père tant admiré, que vous trimballez comme un fardeau, jusqu'à retourner la violence de ces frustrations contre vous-même. Et comme si ça ne suffisait pas, vous devenez le réceptacle de tout ce qui paraît insupportable aux Américains progressistes :

– La ségrégation à l'égard des Indiens.
– Le racisme.
– La guerre du Viêt Nam.
– La violence faite aux femmes et aux jeunes filles.
– La pollution de l'environnement.
– Les criantes injustices Nord/Sud.

Comme si tout ce qui ne tournait pas rond dans ce monde de dingues devait obligatoirement passer par vous. Cette photo punaisée dans ma chambre symbolisait tout ça. Et depuis cette époque, je fus l'un de vos adeptes. Je devins Fondien, comme plusieurs millions de mes contemporains. Et l'on ne m'empêchera pas de penser que si Jésus avait été une fille, qui plus est gaulée comme vous l'étiez, son association aurait marché encore davantage qu'elle ne l'a fait. Si Mao Tsé-Toung avait eu le physique de Raquel Welch, la longue marche se serait faite au pas de course.

Et c'est aussi cela qui nous a fascinés dans votre parcours : j'ai tendance à croire que si une jolie femme passe son temps à nous alerter sur les dangers qui nous cernent, c'est que ça doit être encore plus grave que si c'est un gros moche qui nous le dit. Alors, nous avons réfléchi, nous nous sommes informés, nous avons crié nos indignations avec vous, et, ensuite, nous avons essayé de mettre notre vie en accord avec nos idées. Mais cette conscience exacerbée des inégalités entre les êtres et de l'empoisonnement de la planète, ne porte pas toujours à la gaudriole. Personnellement, je ne fais plus de jogging depuis que je sais que mes Nikidas sont fabriquées en Asie par des enfants, payés 50 centimes d'euro la semaine. J'évite de prendre ma bagnole de peur d'être accusé de faire déborder les océans. Je ne fume plus de cigarettes dans les restaurants depuis qu'on m'a dit que les autres clients risquaient d'attraper le cancer par ma faute. Et dans les magasins, je ne paie plus jamais avec des billets de banque parce que les billets sont faits en papier, et que pour faire du papier, on doit abattre des arbres et que je ne voudrais pas qu'on dise que c'est à cause de moi qu'on déboise l'Amazonie. Alors, je règle toutes mes factures avec des pièces. C'est un peu plus lourd dans les poches, mais au moins, c'est écologique. Vous allez me dire que je pourrais payer avec une carte bancaire... Dieu m'en garde ! Ces trucs-là, ça marche à l'électricité et pour faire de l'électricité, on fabrique des centrales nucléaires !

Le seul combat dans lequel je ne vous ai pas suivie, chère Jane Fonda, est celui que vous avez mené en faveur de l'aérobic. J'ai pourtant essayé, mais n'y suis pas arrivé. Les collants roses avec des jambières à rayures et le bandeau sur le front ne seyaient décidément pas à mon genre de beauté.

Je voudrais terminer cette lettre en vous citant : « J'espère qu'un jour, sur mon lit de mort, je pourrai me dire : Ça y est, j'ai enfin saisi à quoi j'ai servi sur cette terre ! » Mon conseil : n'attendez pas cet instant, car à ce moment-là de la vie, l'avenir se résume à peu de choses. Posez-vous plutôt la question ce dimanche, sur le divan de Michel Drucker, et laissez-nous y répondre : ce que vous avez fait jusqu'à présent était parfait. Et si chacun de nous avait accompli le dixième de vos douze travaux d'Hercule, nous vivrions aujourd'hui dans un monde de paix et de fraternité.

Cher
Benoît Poelvoorde,

Je peux te l'avouer aujourd'hui, tu fais partie de mes héros personnels, avec Zorro (lui aussi d'ailleurs fréquentait un certain Garcia), le Capitaine Haddock (lui aussi avait un foie à toute épreuve) et Gaston Lagaffe (qui comme toi avait l'air vieux depuis qu'il était jeune). Je te ferai difficilement croire que je t'admire depuis que je suis tout petit, étant donné que tu as 10 ans de moins que moi.

De 54 à 64, j'ai donc connu la Belgique d'avant Poelvoorde. La Belgique Joyeuse de l'Exposition universelle de 1958. À cette époque, la France avait de Gaulle et l'Algérie, nous avions le Congo et le roi Baudouin. Ils avaient Anquetil et Sheila, nous avions Eddy Merckx et Adamo. Ils avaient Astérix, mais nous avions Tintin ! Et puis, ils ont eu Coluche et nous, on en a pris plein la gueule ! Pendant 15 ans, on s'est fait rouler dans la farine avec les histoires belges. Le pire, c'est que ça nous faisait rire aussi ! Mais nous étions de tels crétins dans leurs blagues sur les Belges qu'ils imaginaient mal que dans la réalité nous puissions arriver à saisir le sens des histoires qui nous ridiculisaient. Et nous, ça nous faisait rire de savoir qu'ils ne comprenaient pas que nous comprenions tout ! Jusqu'au jour où ils sont allés trop loin.

Les moqueries sont devenues agressives : de braves touristes belges se sont fait jeter des cailloux ; d'autres, ayant commandé des poireaux ou des nouilles dans des restaurants, se faisaient systématiquement servir des frites. Puis, ils se sont mis à interdire aux Belges l'accès à certains lieux. Ils ne sont pas allés jusqu'à incendier des synagogues belges, mais presque. La tension était à son comble. Le roi de Belgique massait ses troupes à la frontière (comprenez-moi bien, je ne veux pas dire que le roi Baudouin faisait des massages à ses soldats en face de Quiévrain. Non, il regroupait l'armée en vue d'envahir la France). Et c'est là que tu es arrivé, Benoît, tel Godefroi de Bouillon conduisant la première croisade.

Ton règne a commencé, non pas en mille neuf cent quatre-vingt-douze, mais en mille neuf cent nonante-deux, avec le génial *C'est arrivé près de chez vous*. Ce film marque, d'après moi, un véritable tournant dans l'histoire mondiale du cinéma. Et sans doute le premier pas vers la libération de l'oppression humoristique. Cet événement marque la fin de notre guerre du Viêt Nam à nous. Car en Belgique, comme le disait Marc Moulin, il y a les Nord-Belgenamiens et les Sud-Belgenamiens. Ce petit peuple si courageux qui ne faisait rien qu'à se faire bombarder de poil à gratter par l'aviation française... Et tu fus notre Hô Chi Minh ! Et tu leur as dit :

2.1. Benoît s'avança et dit aux Parisiens :
« En vérité, je vous le dis : Ça suffit comme ça ! »

2.2. Alors, un photographe people marmonna :
« C'est qui ce connard ? »

2.3. À cet instant, Benoît sortit son magnum et lui colla le canon entre les deux yeux en disant :
« Ne m'appelle plus jamais connard : mon nom est Benoît Poelvoorde ! »

Et je crois que ce fut là ton coup de génie : ce rôle de tueur fou. Bien sûr, il y a ton humour sublime et tonitruant. Certes, il y a ton inventivité galopante. Mais cette idée de violence absolue et gratuite fut sans doute ce qui mit le coup d'arrêt définitif au racisme anti-belgenamien. Avant, ils pensaient qu'on était vraiment cons, comme dans les blagues. Depuis ton arrivée, ils pensent qu'on est peut-être vraiment violents, comme dans ton film, et ça les a rendus tout miel !

« Ah, vous êtes Bêêêêlge ? Comme c'est intéressaaannnt ! »

Je soupçonne Michel Drucker de ne m'avoir engagé que parce qu'il avait peur que je lui pète la gueule... Ne mollissons pas, cher Benoît !
Nos grands voisins et amis que nous aimons tant, nous respectent enfin depuis qu'ils savent que nous sommes armés. Ce qu'ils ignorent, c'est que notre seule arme est l'autodérision. Mais qu'ils sachent que

nous n'hésiterons pas à nous faire exploser de rire au milieu de la foule, pour défendre notre honneur bafoué. Car comme le disait Marc Moulin (encore lui) :

LES KAMIKAZES WALLONS
NE MEURENT JAMAIS !

Croquis préparatoire. Abandonné parce que référence à une marque commerciale, la bière 1664.

Cher
Michael, Cher Jean,

… ou plutôt devrais-je dire, Teuer Michael et Cher Jean. Ça ne va pas être de la tarte de vous écrire à tous les deux en même temps ! Das wird nicht Torte sein, Ihnen gleichzeitig an alle zwei zu schreiben ! Et je ne suis pas certain d'ailleurs, que l'on traduise « Ce n'est pas de la tarte » par « Das ist nicht Torte ». Mais on me fait signe qu'il est inutile de tout répéter en allemand car nous avons un traducteur… Ach zo ! Excusez-moi, je l'ignorais. Je me demandais d'ailleurs qui était cette personne qui parlait dans la sono. Dans ce cas, je vais continuer en français.

Une chose me frappe, mes amis. Il me semble que votre univers se trouve à des années-lumière du nôtre :
– Chez nous, lorsque quelqu'un conduit mal, on le traite de conducteur du dimanche. Chez vous, ce sont les meilleurs qui conduisent le dimanche.
– Chez nous, quand on dépasse les 130 km/h sur autoroute, on se fait réprimander et retirer des

points au permis. Chez vous, quand on dépasse le 130 pour atteindre le 368,8 km/h, on se fait féliciter, flasher, mais par les photographes, et on vous ajoute des points au classement.

– Dans notre univers, la marque de nos vêtements est cousue à l'intérieur du col ou au revers de la veste, en tout petit. Dans le vôtre, les marques sont cousues à l'extérieur et en très grand.

– Chez nous, il est inscrit sur les paquets de cigarettes que « Fumer tue ». Chez vous, il est écrit sur votre combinaison que fumer est excellent pour la santé.

– Dans votre société, le champagne, on l'ouvre après avoir conduit, on en renverse partout et en plus, on ne le boit pas. Dans la nôtre, on le sert avec précaution et on le boit, malheureusement trop souvent avant de conduire.

– Michel et moi, en revenant d'avoir assisté à votre course, pendant laquelle vous nous avez montré comme l'automobile était un formidable moyen de locomotion, nous nous retrouvons à l'arrêt, bloqués dans les embouteillages. Vous, après la course, vous remontez dans votre jet privé pour rentrer chez vous, parce que vous n'êtes pas bête au point d'utiliser la voiture pour vous déplacer.

Ce ne sont là que quelques-unes de nos différences, mais il y a aussi, je l'espère, quelques points communs, comme l'amour des enfants, par exemple. J'ai lu des choses magnifiques sur celui que vous portiez aux vôtres. Et je me dis qu'un homme qui aime tant ses petits ne peut pas être tout à fait mauvais. J'espère que parmi les valeurs que vous leur inculquez, il y a le respect des autres, et qu'à travers ce que vous représentez : le talent, le courage, la vitesse, la victoire, vous arriverez à leur dire que conduire est une énorme responsabilité. Que les routes ne sont pas des circuits de F1 et que 6 000 tués par an sur les routes de France, c'est une tragédie insupportable. Que la vitesse doit être réservée au sport automobile. Et que lorsqu'elle se pratique dans un endroit fait pour ça, par des conducteurs responsables, elle devient un spectacle magnifique. Mais quand quelques abrutis sous-burnés nous l'imposent dans notre vie de tous les jours, elle se mue en violence inadmissible et méprisable.

Je terminerai cette lettre, cher Michael, cher Jean, en vous disant combien nous sommes honorés par votre visite. Je n'avais pas vu autant d'effervescence au studio depuis la visite du pape. Et enfin, je vous propose de méditer sur ce très beau proverbe japonais :

低俗な ユダヤ人は
嫌いだ。下劣な黒人は 嫌いだ。
感じのいい 人種差別主義者は 嫌いだ。

Malheureusement, nous n'avons pas de traducteur, et j'ignore totalement ce que ça veut dire.

Chère
Denise Fabre,
ainsi que Mesdames,
Mesdemoiselles,
Messieurs, bonsoir,

Je vous rappelle, en deux mots, le programme de la soirée : après la lettre, nous retrouverons Michel Drucker et son invitée dont nous évoquerons le parcours, à travers, notamment, une séquence d'archives hilarante. Jean-Pierre Coffe, après avoir traité Lio de morue, il y a trois semaines, viendra nous présenter de la daube, et enfin, nous accueillerons l'inimitable imitateur, le petit Nicolas Canteloup.

Mais revenons immédiatement à la suite de la lettre... aaah non, on me signale qu'il y a un petit problème technique : les images de notre sympathique collaborateur ne nous parviennent plus. Nous sommes certains que nos amis techniciens remédieront rapidement à ce petit souci... Ah ! On me signale que le problème est réglé. Il s'agissait tout simplement des feuilles de papier qui se trouvaient trop haut dans l'image. Voici donc la suite de notre programme, à vous Philippe ! Merci, Philippe ! Eh oui, ce sont les aléas du direct !

Aaah, le direct ! Que de bons souvenirs nous vous devons, chère Denise. Les meilleurs d'entre eux sont, sans conteste, liés à des foirages et à des fous rires dont vous vous êtes toujours sortie grandie. Et vous-même, qui êtes sans discussion la meilleure d'entre toutes, devriez être aujourd'hui titulaire d'une chaire à la Sorbonne où vous enseigneriez les mille et une situations délicates et la façon de s'en tirer. « Mais enseigner à qui ? » me direz-vous, puisque le métier de speakerine a disparu du PAF. « Ce n'est pas faux, vous répondrais-je, mais ne perdons pas espoir. » Cette disparition n'est peut-être qu'une absence momentanée de l'image et ça ne m'étonnerait qu'à moitié qu'on assiste un jour au retour des femmes troncs.

À ce propos, il serait peut-être utile de rappeler à nos plus jeunes amis pourquoi on ne cadrait les speakerines que jusqu'à la taille : au début des années 50, à l'époque où seulement 4 000 foyers étaient équipés d'une télévision, les spectacles de music-hall attiraient beaucoup de monde. Un numéro très demandé était celui de la femme coupée en deux. Mais tous les prestidigitateurs n'avaient pas le même talent et les accidents furent abondants. Le nombre de femmes sans jambes devenant préoccupant, Pierre Sabbagh eut l'idée de les engager à la télévision pour leur faire présenter les programmes (ces demi-femmes feront ainsi rêver plusieurs générations de téléspectateurs et feront même perdre la tête à certains. À cette époque, la peine de mort étant encore en application dans le pays des droits de l'homme, un producteur eut l'idée de génie de réutiliser le haut des guillotinés avec la partie perdue des femmes troncs et d'en faire une émission qui s'appellerait *La Tête et les Jambes*).

Mais revenons à nos speakerines et à la raison pour laquelle elles ont disparu de nos écrans dans les années 90. Tout simplement parce qu'en une trentaine d'années, la médecine ayant fait tellement de progrès, des chirurgiens ont pu leur greffer des jambes neuves et que du coup, elles n'avaient plus aucune raison de rester là, comme des potiches.

« Il y en a encore quelques-unes qui apparaissent », me direz-vous. C'est vrai. « Elles présentent la météo et elles sont debout », ajouterez-vous. C'est bien la preuve que la greffe a réussi ! Les autres, munies de leurs jolies jambes toutes neuves, se sont empressées d'aller les montrer au Festival de Cannes où elles ont croisé sur la Croisette de riches princes charmants qui se sont empressés aussi de les épouser et de leur faire beaucoup d'enfants.

Nous sommes heureux et émus de vous recevoir aujourd'hui, chère Denise, car vous faites partie de ce club très fermé des bonnes fées cathodiques qui se sont penchées sur le berceau de nos bonheurs télévisuels.

Cher
Pascal Sevran,

Je ne vous apprendrai rien en vous disant qu'il y a deux hommes en vous. Loin de moi l'idée d'évoquer ici d'improbables amours de groupe ! Non, bien sûr ! Je veux parler de la dualité qui vous habite et du fondement de votre personnalité. Vous êtes deux à vous tout seul. Vous réalisez le prodige d'être votre propre jumeau. Car bien malin celui qui arriverait à décrypter votre yin de votre yang.

Déjà, vous avez deux noms : Jean-Claude Jouhaud et Pascal Sevran. Jean-Claude, comme Jean-Claude Van Damme, dont vos parents étaient fans, et Pascal, comme le mathématicien et philosophe (1623-1662), inventeur, entre autres, de la brouette japonaise… qu'est-ce que je raconte ?… de la brouette à deux roues ! Deux roues, ce n'est pas un hasard, car toute votre vie semble marquée par le chiffre deux. D'ailleurs, n'est-ce pas la deuxième émission que nous vous consacrons ? Et, comme par hasard, Michel et moi sommes deux ! Autre signe troublant, si j'additionne tous les chiffres de votre date de naissance, 16-10-1947, j'obtiens 29. Deux et neuf, ça fait onze. Un et un, deux !

Pour faire simple, disons qu'il y a le Sevran de la lumière et le Pascal de l'ombre. La clarté, c'est la lumière des projecteurs des plateaux de télé dans laquelle le papillon Sevran s'agite et virevolte, chante et enchante un public toujours plus nombreux. Les seuls sifflements qu'il récolte parfois sont ceux d'un sonotone mal réglé. Arlequin à la scène, il est aussi le gardien du temple de la chanson française, le cerbère du *Ploum ploum tralala*.

Et puis, il y a le Pascal de l'ombre, celui qui couche tous les jours... ses états d'âme sur les pages d'un journal intime et nous offre, l'un après l'autre, ses volumes étonnants de sombre lucidité.

Un animateur télé qui écrit des livres intelligents, c'est un peu comme si on retrouvait Bernard Pivot et Jacques Chancel dans *La ferme célébrités*. Il y a comme ça des choses qui paraissent peu compatibles. C'est comme si Jean d'Ormesson se produisait chez Michou. Comme si Claire Chazal faisait des interviews féroces. Comme si Hervé Gaymard habitait une caravane. Comme si Michel Drucker publiait un livre de cuisine. C'est comme si le Pape se produisait dans *Holiday on Ice* avec Surya Bonaly. Il y a des choses impensables en ce bas monde.

Votre dernier livre s'appelle *Il pleut, embrasse-moi*, et vu le succès remporté par chacun des volumes précédents, j'imagine que vos lecteurs ne vous lâcheront plus. Ils exigeront de recevoir chaque année votre

« bilan » des 365 jours écoulés. Votre éditeur nous a d'ailleurs déjà communiqué les titres des volumes 7, 8, 9 et 10 :

– *Tiens, il va pleuvoir. Et si on s'embrassait ?*
– *Il pleut toujours, embrasse-moi encore...*
– *Il a cessé de pleuvoir, n'en profite pas pour arrêter de m'embrasser.*
– *Il neige, ne m'embrasse pas, j'ai les lèvres gercées.*

En attendant la suite, permettez-moi de vous souhaiter la bienvenue, cher Pascal et cher Sevran. Ne changez rien, car c'est comme ça qu'on vous aime. Il n'y en a pas un seul qui soit unique comme vous deux.

Chère
Monica,

J'imagine comme ça doit être impressionnant pour vous de vous retrouver face à quelqu'un d'aussi beau que moi. Certes, vous m'aviez déjà vu en photo ou dans des émissions de télé, mais il paraît que je suis encore plus beau au naturel. Moi-même, je ne m'en rends pas bien compte, mais c'est ce que disent tous ceux qui m'approchent... enfin, juste avant de tomber dans les pommes ou d'être frappés de bégaiement convulsif.

Lorsque je me déplace, je dois être accompagné en permanence d'une équipe de réanimation chargée de porter assistance aux jeunes femmes prises de malaise cardiaque ou de crise de tremblement à ma seule vue. Le phénomène prend de telles proportions qu'il paraîtrait que Brad Pitt, Tom Cruise et George Clooney sont en train de se poser des questions sur leur avenir et envisagent sérieusement de changer de métier.

Mais une chose que vous ignorez sans doute, c'est que cette beauté est parfois un fardeau. J'aimerais qu'on s'intéresse à moi aussi pour ce que je suis, qu'on écoute ce que je dis au lieu de baver en me reluquant avec concupiscence. Je sens cependant une légère amélioration depuis que je n'apparais plus qu'habillé. Je refuse désormais de poser pour les calendriers. En un mot, j'ai renoncé à la nudité, au maillot de bain et même au T-shirt moulant, du moins en public. Car dans le privé, je continue à préférer me doucher nu plutôt qu'en costume trois pièces.

Si je vous raconte tout ça, chère Monica, c'est parce que je voudrais vous faire profiter de mon expérience, vu que dans votre genre, vous n'êtes pas mal non plus. Quand je dis que vous êtes pas mal, il s'agit bien sûr d'une façon de parler. Pour être tout à fait honnête, vous êtes franchement belle. Et même, pour vous dire le fond de ma pensée, la plus belle de toutes. À côté de vous, Claudia Schiffer a l'air d'un crapaud et Gisèle Bunchen, d'un infâme boudin. Sans compter qu'aucune d'elles n'a réussi à aligner trois mots devant une caméra de cinéma ! Car voilà le véritable nœud du problème : être belge, c'est facile… je veux dire être belle, c'est facile, enfin, surtout si on est belle, mais si ça s'arrête là, c'est un peu court :

— Bonjour ! Vous faites quoi dans la vie ?

— Je suis belle…

— Ah bon ! Et en dehors de ça ?

— Et en dehors de ça, rien.

— Rien ?

— Mais vous ne vous rendez pas compte, c'est un véritable travail à temps plein !

— Vous plaisantez ?

Dans votre cas, Monica, ce n'est pas un travail, c'est une évidence. Je ne dis pas que pour d'autres, il n'y a pas du boulot. Il y en a parfois même beaucoup. Certains n'y arrivent pas avec les 35 heures. Et l'important n'est pas le temps qu'on y passe, mais le résultat. Et si ça sent le travail, c'est que c'est raté ! C'est comme dans le spectacle : ça doit avoir l'air d'être léger et facile. Si on perçoit les heures de boulot derrière chaque effet, ça enlève de la magie. C'est aussi pour ça que plusieurs de vos collègues mannequines n'ont pas été plus loin que les podiums. Outre leur flop sur grand écran, certaines pubs étaient prémonitoires. On était obligés de prévoir plusieurs semaines de tournage, juste pour leur faire dire :
« Parce que je le vaux bien ! » Et pour certaines, on devait enregistrer la phrase en trois fois, parce qu'elles avaient des trous de mémoire au beau milieu si on le tentait en une prise. Tandis qu'avec vous, c'est différent, Monique. Vous êtes une artiste. Et voilà sans doute ce qui transcende votre beauté : la présence et l'émotion qui émanent de votre personne. Votre beauté n'est finalement que secondaire, même si elle est fracassante.

Qu'est-ce qui nous touche, nous, les hommes, chez tant de femmes (en dehors de leurs qualités hors normes pour le triathlon vaisselle-aspirateur-repassage, bien sûr) ? La voix chez l'une, le regard, le sourire chez l'autre, un geste, une intonation, une courbure de reins… Et chez vous, il y a tout réuni. Vous êtes dépositaire d'un cadeau du ciel, et visiblement vous vous en montrez digne, par votre travail et votre métier que vous ne galvaudez pas. Vous avez un jour dit sur la beauté une très jolie chose dans une interview (vous remarquez, Michel, que même sur la beauté ce qu'elle dit est joli… Y a pas, c'est un don !). Vous disiez que la beauté seule n'était rien et que si la personne était creuse, son apparence physique harmonieuse se muait instantanément en laideur insupportable. Vous disiez également que l'amour transforme les êtres et les rend lumineux. Sachez donc qu'à mes yeux, vous avez une concurrente de taille : la femme que j'aime et qui est pour moi la plus belle du monde…

J'espère que vous avez apprécié la façon délicate dont j'ai évité d'aborder votre vie privée, car je sais que vous tenez par-dessus tout à la préserver. Permettez-moi seulement d'embrasser la petite Deva, votre fille, qui, au-delà du talent, de la beauté et de l'amour qui vous auréolent, est sans doute le plus beau cadeau que vous ayez reçu. Remettez également mon bonjour au papa. Et redites-lui, mais il le sait, qu'il est un sacré veinard !

QUESTION :
Le Chat danse-t-il avec Monica ?

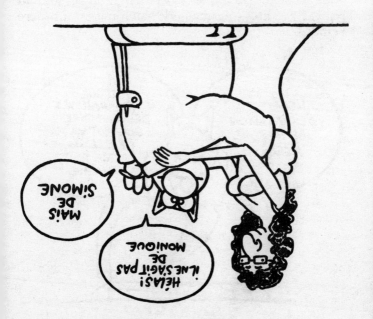

Cher
Jean-Pierre Elkabbach,

Sitôt après vous avoir proposé d'être notre invité tout un dimanche sur France 2, Michel et moi nous sommes posé une lourde question existentielle : serons-nous à la hauteur ? Que va-t-il penser de nous ? N'est-il pas présomptueux de vouloir interviewer le meilleur intervieweur de France ? À Michel qui me demandait de le réconforter sur notre choix, j'ai rappelé que même si nous n'étions pas les meilleurs du pays, nous n'étions pas non plus les derniers de notre rue. Et que si notre invité avait si brillamment questionné Anouar el-Sadate, François Mitterrand, Henry Kissinger, Audrey Hepburn ou Georges Marchais, nous avions nous-mêmes interviewé, pas si mal que ça, Lorie, Mireille Mathieu et Michou. Tout ça pour dire qu'il n'est pas forcément plus facile de poser des questions pendant deux heures à une jeune chanteuse que pendant cinq minutes à un Grand de ce monde. Et qu'on n'est pas forcément plus à l'aise en questionnant Michou sur la couleur de ses lunettes, entouré de quatre bonshommes déguisés en Mylène Farmer, Jeanne Moreau, Cher et Madame de Fontenay, que lorsqu'on interroge Yasser Arafat sur l'Intifada, entouré de quatre gardes du corps déguisés en gorilles. Le point commun entre les accompagnateurs est qu'ils avaient tous du poil aux pattes. Mais il n'y a pas que sur ce point que nous nous différencions... Chez nous, par exemple, il n'est pas exclu que nous demandions à Marcel Amont ou à Gloria Lasso, leur point de vue sur la crise des chercheurs ou sur la situation internationale. Tandis que de votre côté, il paraît peu probable que vous vous risquiez à demander à Gerhard Schröder de vous chanter *Un Mexicain basané*.

Chaque matin, je vous écoute sur Europe 1, dans ma salle de bain, en faisant mes ablutions. Les hasards de la vie font que je me trouve entièrement nu lorsque vous interviewez votre invité de 8 h 20. Et je suppose que Michel, chez lui, se trouve dans la même situation.

Mais vous, le dimanche, lorsque vous nous faites l'amitié de nous regarder, je suppose que vous ne vous déshabillez pas pour suivre *Vivement Dimanche Prochain*. Alors vous savez, moi, je ne m'avancerais pas trop sur le terrain des comparaisons, d'autant plus que des grands de ce monde, nous en avons aussi reçu sur ce plateau.

Sœur Emmanuelle, Jean-Marie Messier, Alain Delon, Valéry Giscard d'Estaing, Alain Delon (il est venu deux fois cette saison), et tant d'autres...

Mais c'était quoi la question déjà ? Excusez-moi, mais dès que je vous vois, j'ai l'impression que vous allez m'en poser une. Il s'agit d'un réflexe pavlovien. Alors, plutôt qu'aux chiens de Pavlov, revenons à nos moutons.

Vous le voyez, cher Jean-Pierre, nos métiers ne sont pas si éloignés que ça. Et si chaque matin, vous vous efforcez de poser des questions intelligentes, écoutées par des gens tout nus, chaque dimanche soir, je m'applique à poser des questions idiotes ouïes par des gens habillés.

Notre point commun, ce sont les questions et les gens.

Et puisque vous me parlez de questions idiotes, je voudrais vous en poser une qui ne l'est pas. Accepteriez-vous de transmettre un message à votre épouse, Nicole Avril ? Michel et moi préparons en grand secret l'édition d'un calendrier qui sera vendu au profit d'une bonne œuvre, l'année prochaine. Chaque mois sera consacré à une star. Nous avons déjà reçu l'accord de Mathilda May, de Tom Novembre, des familles du Maréchal Juin, de Betty Mars et de Janvier Perez de Cuellar. Pensez-vous que nous pourrons compter sur Nicole Avril ?

En attendant la sortie de ce calendrier, et pour souhaiter la bienvenue sur ce plateau à l'enfant d'Oran, permettez-moi, cher Jean-Pierre, de vous offrir ces quelques dattes...

Chère
Miou-Miou,

Je l'ai promis à notre productrice, je serai bref. Et Dieu sait si j'en avais des choses à vous dire ! Mais l'actualité commande et vous avez sans doute appris comme moi que Michel avait remplacé Monica Levinsky dans le cœur de Bill Clinton. L'émission de ce soir sera entièrement consacrée à l'interview de l'ancien président américain par le roi du canapé rouge. La rencontre n'a pas eu lieu dans le bureau avale... pardon... ovale de la Maison-Blanche car il est toujours occupé par Simplet, mais dans un endroit tenu secret. Ceux qui ont vu le reportage disent qu'il s'agit d'un gros morceau. Imaginez ! L'ancien président des États-Unis accorde une seule interview et c'est à notre patron qu'échoit cet honneur. Quelle fierté pour nous ! D'ailleurs, Michel a failli nous emmener, Jean-Pierre Coffe, Nicolas Canteloup et moi-même, mais il a finalement renoncé car il a eu peur que Jean-Pierre n'éructe des insanités sur la bouffe américaine. Il s'est demandé si Bill Clinton allait apprécier à sa juste valeur les imitations de Barthez, de Laporte ou de Zizou. Quant à moi, il sait que je fume le cigare et a sans doute craint que le Président ne me rejoue la scène de Boules et Bill.

Mais revenons plutôt à viou, Mou-Mou... euh... à mou Viou-Viou... À vous, Miou-Miou, car le temps presse ! Alors, pour faire vite, rappelons que dès votre naissance, vous attirâtes la curiosité des voisins lorsqu'ils apprirent que Monsieur et Madame Miou avaient appelé leur petite fille, Miou. Cela en fit ricaner certains qui ravalèrent cependant leur morgue quand ils se rappelèrent que peu avant, Monsieur et Madame Boutros-Ghali avaient prénommé leur petit garçon, Boutros. Votre maman était maraîchère et votre papa, après avoir été pioupiou le temps du service militaire, devint policier. C'était bien pratique, car il utilisait le panier à salade pour faire les livraisons de légumes. Et dans cet environnement végétarien, vous vous êtes très tôt mise au travail. Les jeunes de votre âge sont steak, vous étiez pastèque. Le travail était dur et les caisses étaient presque aussi lourdes que mes jeux de mots à la noix sont pesants. Porter des choux, ça rapporte des cacahuètes. Vendre ses salades, ça fait peu d'oseille. Vous délaissez alors les cageots pour aller en boîte, mais là, vous faites tapisserie. Ce qui vous donne l'idée d'en faire un métier et, devenue tapissière, vous amène à confectionner des rideaux pour une couturière au *Café de la Gare*. Le chef de gare s'appelle Romain Bouteille et c'est la rencontre avec une équipe géniale qui deviendra le mythique porte-drapeau de l'humour iconoclaste moderne.

Mais on m'a demandé d'être bref, alors je vais faire vite. Et simplement vous dire MERCI de m'avoir tant fait pleurer. De rire et d'émotion. Entre les *Boulons dans mon yaourt* et *Jonas, qui aura 20 ans en l'an 2000*, mon cœur balance... Mais on me fait signe que je dois finir, alors, je ne dirai que trois mots : Admiration-Tendresse-Simplicité-Justesse-Humour-Joliesse-Émotion. Il y en avait sept ? Tant pis ! Quand on aime, on ne compte pas !

Chère
Farah Diba,

C'est lorsqu'il s'agit d'écrire une lettre à une personne importante qu'on se pose la question de savoir comment il faut la rédiger. Le problème est qu'il n'existe pas de guide sur le sujet. Bien sûr, il y en a plusieurs qui vous renseignent sur la correspondance courante : on vous indique précisément qu'il faut écrire « Monsieur le Préfet » et non pas « Mon Préfet », « Monsieur le Directeur » plutôt que « Camarade Patron », ou « Amiral » au lieu de « Mon Amiral », comme j'ai eu le tort de le faire en m'adressant à l'amiral Fifi que nous recevions ici même, il y a un mois et demi. Les rédacteurs de ce genre de guides imaginent que leurs lecteurs devront écrire à un PDG, un notaire, un colonel, un prêtre ou un évêque. Mais quand même pas au Pape, au Dalaï-Lama ou à Michel Drucker ! Il y a des choses qui dépassent l'entendement ! Et si dans le cas de cet animateur si sympathique, je commence toujours mes lettres par « Mon Mimi », je serais bien embêté si je devais envoyer une lettre à Jean-Paul II ! Devrais-je écrire :

« Cher Monsieur », « Cher Monsieur Wojtyla » (qui est son nom de jeune fille), « Mon Jean-Paul » ou « Votre Papauté » ? Je n'en sais rien !

Or, voilà qu'aujourd'hui je me retrouve à peu près dans la même situation : c'est la première fois de ma vie que je m'adresse à une impératrice et je ne voudrais pas faire de boulette. Alors Michel, vous qui savez vous tenir, je vous en supplie, guidez mes pas. Dois-je dire : « Chère Madame Pahlavi », « Votre Grandeur », « Votre Immensité », « Votre Majesté impériale qui nous fait l'honneur immérité de daigner poser son doux regard sur nos faces de misérables vermisseaux », « Salut à Toi, ô Reine de Perse », « Chère Farah », « Chère Fafa », « Ma Shabanou préférée » ?

Je viens de terminer votre livre et je voudrais vous féliciter pour ses qualités littéraires. On le lit comme un livre. Ce qui est assez logique, me direz-vous, puisque c'en est un. Mais ce n'est pas toujours le cas. J'aurais pu dire : « Comme un roman », bien que vous changiez de genre en cours de récit : cela commence par un conte de fées et cela se termine en tragédie shakespearienne.

Mais il faut aussi savoir lire entre les lignes et je décèle entre votre destinée hors du commun et la mienne, bien modeste, des similitudes que je ne puis taire. Vous avez rencontré un homme très haut placé qui, vous entraînant dans son sillage, vous a fait côtoyer les grands de ce monde : Kennedy, de Gaulle, Kroutchev, Sadate et tant d'autres. J'ai moi-même été remarqué par un type qui avait des relations : Michel Drucker. Il ne m'a certes pas épousé, car il était déjà marié et moi aussi, mais m'entraînant sur ses traces, il m'a permis de croiser les plus grands noms du métier : Mireille Mathieu, Bruno Masure et sa chienne Olga.

Mais là où mon chemin semble résolument suivre votre destinée, c'est que le personnage central de votre existence s'appelle le Shah : vous lui avez consacré votre vie et vous ne parlez que de lui dans votre livre. Moi, c'est pareil : je consacre la mienne à un Chat et je ne parle que de lui dans mes livres. Le vôtre était roi d'Iran, le mien est le roi du gag.

Je terminerai cette lettre en vous faisant un seul petit reproche, bien excusable cependant puisque le français n'est pas votre langue maternelle. Chat ne s'écrit pas S-h-a-h mais bien C-h-a-t. Pensez à faire effectuer les corrections lors de la réédition de votre livre…

Chère
Liane Foly,

Je voudrais, d'entrée de jeu, vous rassurer sur mes intentions.

Loin de moi l'idée de céder à la facilité (de trop nombreux collègues l'ont fait avant moi) en vous servant pour la énième fois des calembours approximatifs sur vos nom et prénom. Je n'ai pas consulté un seul article vous concernant qui ne soit titré : *De liane en liane, La Sagesse de Liane Foly, Liane ou la Vie de Foly, La Foly s'empare de l'Olympia, Liane... Foly douce, Ils sont fous de Foly*, etc., etc. J'en passe, et des moins bons !

Ici, point de cela, nous ne mangeons pas de ce pain-là ! Sauf parfois, lorsque Jean-Pierre Coffe nous entraîne sur la mauvaise pente et nous pousse à faire des commentaires un peu légers sur ses boulettes, son poireau ou sa raie. Il a une mauvaise influence sur nous ce Jean-Pierre, parce que Michel et moi, on sait se tenir ! La preuve, c'est qu'on a fait des émissions très dignes avec Juliette Gréco, Jean Ferrat, Édouard Balladur ou Dany Boon. Nous avons même reçu Bigard tout un dimanche sans évoquer sa chanson *Un poil de cul sur la savonnette*, c'est vous dire si nous sommes capables d'élever le débat et de ne pas tomber dans le jeu de mots à deux balles (comme le disait si justement John Fitzgerald Kennedy à son arrivée à Dallas).

Mais revenons à vous, chère Liane Maboule, et à votre timbre envoûtant. Car c'est bien cela qui nous occupe aujourd'hui (comme disaient les Français à l'armée allemande, dans les années 40). Tout a sans doute déjà été écrit sur votre voix chaude et sensuelle, nul plumitif n'ayant pourtant encore osé titrer son article *La Cantatrice chaude…* qui vous irait pourtant comme un gant. Et même un gant de toilette, car, comme le disait je ne sais plus quel critique de France Musique : écouter Liane Foly, c'est aussi bon que de prendre un bain chaud avec quelqu'un qui vous savonne le dos. Et ça, chère Liane Démence, c'est un compliment comme j'en ai peu entendu dans ma carrière.

Vous avez d'autant plus de mérite d'être devenue la Callas jazzy de l'hexagone, à l'instar de vos idoles, Sarah Vaughan, Ella Fitzgerald et Sheila, que vous avez dû vous sortir d'une situation familiale particulièrement pénible, puisque lorsque vous étiez enfant, vos parents dealaient de la drogue à Lyon, ou quelque chose comme ça… En tout cas, j'ai lu qu'ils étaient drogués ou droguistes ou une histoire dans le genre. *La Droguerie du sourire* ! Ah ben, oui ! On les reconnaît bien les drogués avec leur sourire béat et leurs yeux exorbités ! Et vous, pour payer la chnouf, vous étiez obligée d'aller chanter dans les bals avec votre frère à la batterie et votre sœur au piano. L'orchestre s'appelait les *Black & White* qui est, si je ne m'abuse, une marque de whisky. Alors, la semaine, c'était la drogue à la droguerie, et le week-end, l'alcool dans des salles complètement bourrées, avec de la musique soûle. Et après ça, on s'étonne que vous soyez devenue aliénée mentale !

Enfin, l'important est que vous ayez réussi à vous en sortir en obtenant le droit d'asile dans le show-business dont vous appréciez, avec le recul, de plus en plus le show et de moins en moins le business, je crois. Votre vrai bonheur, et le nôtre du même coup, c'est la scène. Pas celle de Léonard de Vinci, mais pas loin non plus, puisque vous êtes au centre et nous, comme les apôtres, réunis autour de vous. Votre voix est un miracle et vous avez une pêche miraculeuse. Vous marchez sur les ondes. Vous échangez volontiers, m'a-t-on dit, votre eau pour du vin et vous procédez régulièrement à la multiplication de la galette, tant vos disques font un malheur.

Tout ça pour dire, chère Liane Givrée, que chacune de vos prestations nous enflamme et que si, comme je l'ai lu dans une interview, il est exact que pour vous détendre vous écoutez régulièrement des CD de carillons, j'espère que ce que vous venez d'entendre ne vous aura pas filé le bourdon, car il s'agissait juste d'une pauvre cloche qui tentait, le cœur battant, de vous dire son affection et son admiration.

Cher
Yves Coppens,

En vous invitant tout un dimanche, Michel Drucker a sans doute eu la meilleure idée de sa carrière. Je ne veux pas dire par là qu'il n'aurait dû convier que des paléontologues chaque semaine depuis cinq ans, il aurait sans doute rencontré quelques difficultés de programmation, car il y a en France moins de paléontologues que de chanteurs au top 50. Et puis, c'est aussi la rareté qui suscite l'intérêt.

Si nous paléontologions chaque dimanche, je ne suis pas certain que le public nous suivrait aussi fidèlement qu'il le fait. Et pas que le public d'ailleurs, notre cher Jean-Pierre Coffe s'arracherait les cheveux (si j'ose dire), pour trouver de nouvelles manières d'accommoder les produits de l'époque. Il naviguerait à vue entre :

– L'entrecôte de mammouth béarnaise.
– Les roulades de jambon d'iguanodon.
– Le carpaccio de tyrannosaure à l'huile de palme.

– Le saucisson de mégalodon de chez Justin Gnourkh.

– Les boulettes de brachiosaure...

Votre présence aujourd'hui constitue un événement et une première dans l'histoire de la télévision, donc, dans l'histoire de l'humanité. C'est la première fois, depuis 8 millions d'années, que Michel Drucker reçoit un paléontologue tout un dimanche sur France 2. Mais c'était prévisible, car ça fait pas mal de temps qu'il tente d'aborder le sujet : nous avons invité ici même, Madame Alliot-Marie, qui est bien la ministre de l'Homme des Casernes. Nous avons reçu Véronique Genest, l'interprète de Julie Lascaux. Nous avons souvent évoqué l'Homo erectilis, plus connu sous le nom de Rocco Siffredus. Nous avons accueilli plusieurs Homo habilis, quelques Homo sapiens, et de nombreux homos tout court.

Autre signe qui ne trompe pas, le président Chirac vous a remis la Légion d'honneur, à Drucker et à vous, le même jour. À cette occasion, en gage de remerciement, vous avez, paraît-il, offert au Président, un bouquet de poils de mammouth. Michel, quant à lui, a offert une touffe de poils de Demis Roussos que le Président a machinalement portée à ses narines, comme un bouquet de fleurs, avant de dire : « Eh bien, mon vieux Drucker, ce mammouth-là, on sent qu'il a voyagé ! »

Mais revenons à vous, cher Yves Coppens, et à votre passion pour les vieux cailloux dans lesquels vous trouvez toujours un os à ronger. Grâce à vous, nous en savons un peu plus sur nous-mêmes et sur nos ancêtres. Nous avons aujourd'hui la certitude que Dieu n'a pas créé le monde tel qu'il est, en sept jours, mais que ça lui a pris infiniment plus de temps (plusieurs milliards d'années), même si 67 % des Américains croient le contraire. Ce n'est pas une référence : ils croient aussi que les hamburgers, c'est de la nourriture, et que la liberté, c'est de pouvoir regarder des conneries à la télé en bouffant des chips.

Grâce à vous, nous savons que le berceau de l'humanité est l'Afrique et qu'Adam et Ève étaient donc fort probablement noirs, et ça, ça fait plaisir, rien que pour emmerder Le Pen. Lorsque vous nous expliquez toutes ces choses-là, vous le faites si bien que nous avons le sentiment d'être intelligents.

Selon vous, l'évolution de l'homme s'est faite sur des millions d'années et n'est pas terminée. D'après plusieurs de vos collègues qui étudient certaines émissions de télé-réalité, nous assisterions actuellement à un phénomène de régression de l'Homo télé avilis. Ils parlent de TF1 comme de la chaîne non-manquante. Vous n'avez, m'avez-vous confié, pas vu un seul épisode de *La Ferme célébrités*. On vous fera des cassettes et vous verrez que dans le zoo qui nous est présenté quotidiennement, ce sont les quadrupèdes qui sauvent la mise par leur dignité. Il faut être un scientifique de pointe pour déceler une lueur d'évolution chez les bipèdes qui peuplent ce curieux aréopage.

Les archéologues de demain, tombant sur des traces de la télé-réalité des années 2000, risquent d'établir entre l'Homo sapiens et l'Homo futurus une sous-catégorie qu'ils appelleront l'Homo conardus. En attendant, le directeur du zoo n'en a rien à secouer. Il s'appelle Endemol et il s'en met plein les fouilles.

Veuillez excuser ce coup de sang, cher Yves Coppens. Vous qui êtes un sage, voyez les choses avec plus de recul que moi. Vous ne jugez pas l'homme sur ses bassesses actuelles, mais sur la formidable aventure dont il est le héros incontesté depuis 400 000 ans. Vous vous émerveillez de ce que Cro-Magnon soit devenu Drucker, de ce que Neandertal soit devenu Raffarin. Mais vous allez me dire que Neandertal a disparu à un moment de son évolution. Je pense que pour Raffarin, ce sera la même chose.

Je terminerai en vous remerciant d'avoir donné le joli nom de Lucy à cette jeune fille de 3 millions d'années, découverte en 74. La légende dit que son patronyme lui vient de la chanson des Beatles (*Lucy in the Sky with Diamonds*) que vous écoutiez dans l'Afar (en Éthiopie) avec Johanson et Taïeb au moment de la découverte. Et c'est là qu'on pousse un ouf de soulagement, car si vous aviez écouté Annie Cordy au lieu des Beatles, Lucy aurait pu s'appeler Tata Yoyo.

Chère
Lynda Lemay,

Comment vous dire notre bonheur de vous accueillir sur ce canapé qui a vu s'asseoir tant de fesses célèbres. Plus de quatre cents ! Non pas quatre cents invités, mais quatre cents fesses ! Et parmi les plus prestigieuses du paysage médiatico-cuturel ! Nous en avons eu de la ferme et de la flasque, de la potelée et de l'ovale, de la triste et de la souriante. Mais je ne révélerai rien et laisserai au public le soin de remettre un visage sur chaque paire de fesses, si je puis m'exprimer ainsi.

Nous avons eu de la fesse de chanteur, du derrière d'actrice, du siège d'homme politique et même du postérieur d'ancien président de la République. Sans doute dans le lot y a-t-il eu quelques faux culs, mais où n'y en a-t-il pas ? Le comble du comble étant sans doute que, sur ce canapé, nous n'ayons pas encore reçu Lafesse (ni d'ailleurs le chanteur Divan Rebroff). Mais trêve de potins, de popotins et des fesses du PAF, occupons-nous plutôt des vôtres, chère

Lynda Lemay. Je veux dire, parlons plutôt de vous et de votre immense talent.

Lorsqu'on écoute vos chansons d'une oreille distraite, on se laisse bercer par la douceur de votre voix et la musicalité des mélodies et c'est déjà très bien. Mais lorsqu'on écoute avec attention ce que vous nous dites si joliment, on en prend plein les gencives et l'on ressort de votre récital charmé mais K.-O.

Vous êtes une sacrée bonne femme et vous n'y allez pas par les quatre chemins de la main morte du dos de la cuillère, comme me le faisait remarquer un ami manchot qui éprouvait quelque difficulté à manger sa soupe. Michel me disait en coulisse, il y a quelques instants, avec ce parler vrai, quoiqu'un peu rude, qu'il affectionne lorsqu'il n'est pas à l'antenne : « Cette fille-là, Philippe, elle me troue le cul ! » Et je vous promets que je l'ai rarement entendu faire un compliment pareil.

Et c'est mérité, car vous êtes un cas à part dans la chanson québécoise, au milieu de toutes ces braillardes dont Michel semblait, à une époque, assurer l'importation par navires entiers. Mais vous dépassez très vite votre Québec natal et devenez carrément une précurseresse dans la chanson française que vous bousculez allégrement en abordant nos côtes et des thèmes aussi peu chantés que l'avortement, le handicap, le suicide ou autres joyeusetés dans le genre.

Avec vous, le train que Richard Anthony entendait siffler toute la nuit aurait déraillé, faisant deux cents morts ! La Céline d'Hugues Aufray se serait retrouvée grabataire, en phase terminale dans la canicule d'août 2003. Et Gigi l'Amoroso aurait rejoint al-

Qaida pour se faire exploser au beau milieu de la cour de récré d'une école de petits orphelins aveugles en Albanie.

Aaah ! on est loin de Lorie ou de Carlos, que nous recevrons d'ailleurs bientôt tout un dimanche au mois de janvier. Mais vous ne m'avez toujours pas dit, Michel, s'il s'agissait du chanteur ou du terroriste : je les confonds toujours.

Bref, Lynda, tout ça pour dire que nous sommes fiers et heureux de vous accueillir ce soir et que, contrairement à ce que vous chantez, Michel et moi nous aimons les femmes, et ce dimanche, vous, tout particulièrement.

Cher
Jean-Marie (Bigard),

Te voilà donc devenu respectable ! Enfin, presque. N'exagérons pas non plus ! Tu joues quand même une comédie de Molière (une pièce sérieuse, ça aurait sans doute été trop te demander). Ce n'est pas du Racine, ni du Brecht ni du Botho Strauss, mais je salue l'effort ! Ça me fait plaisir de constater que les leçons ont porté et que tu as enfin tenu compte des remarques obligeantes que te font les journalistes depuis si longtemps. Ne revenons pas sur le passé, l'important est que tu sois revenu dans le droit chemin.

Tout avait pourtant si bien commencé, dans l'Aube, avec tes frères et sœurs. Vous étiez quatre à Troyes. Cette situation en forme de score te poussera à devenir sportif, puis prof de gym, un beau métier dans la fonction publique : ta voie était toute tracée. Alors, qu'est-ce qui t'a pris de lâcher tout ça pour aller faire l'artiste à Paris ? Pire que ça, « comique ! » Mon Dieu, quelle horreur ! Entre la gym et la scène, tu as même été patron de bistrot : je me demande s'il n'aurait pas mieux valu que tu le restasses (de café, bien sûr) ? Mais l'appel du vice (comica) a été le plus fort. J'ai relevé le parcours de tes premiers galas (à la manière de Jean-Luc Fonck) et je dois dire que ça ressemble furieusement à une commande de bistrot :

– Troyes-Bordeaux,
– Sète-Cognac,
– Dreux-Saumur,
– Sens-Soisson-Trèves-Chinon…

Une bien belle tournée !

Mais quel démon a pu t'entraîner sur la pente savonneuse du rire ? Ton retour à la culture de bon aloi ne doit pas nous faire oublier ces cargaisons de couilles que tu as cru bon de débiter, ces kilomètres de bites que tu as enfilés, ces hectolitres de sperme que tu as déversés dans tes sketchs. Dans le seul but de faire marrer tes contemporains. Honte sur toi ! Tu vas me dire que le public t'a suivi et a pleuré de rire à chacune de tes apparitions. Honte sur lui ! Comme disait je ne sais plus qui, mais je crois bien que c'est moi : « Le rire est l'opprobre de l'homme. »

Et la société le fait assez clairement sentir, en donnant à ses rues le nom d'artistes sérieux, de scientifiques, de présidents, de généraux ou de batailles sanglantes. Mais pas celui d'amuseurs. Point d'avenue *Toto mange ta soupe*, de boulevard *Zavatta* ou de place *Hara-Kiri*… Il doit bien y avoir quelque part une rue Bourvil ou une place Coluche, aaah oui, mais n'oubliez pas que Bourvil a aussi interprété des rôles émouvants et que Coluche a joué dans *Tchao*

Pantin ! Ça change tout ! Ils ont fait les zigomars, certes, mais il y a eu rédemption !

Et toi aussi, Jean-Marie, tu as compris que tu t'étais fourvoyé pendant deux décennies et demie et te voilà revenu sur le chemin de la sagesse. Si tu poursuis dans cette voie encourageante, tu auras droit, un jour, à ta photo dans *Télérama* ou dans *Le Nouvel Observateur*. La profession te rendra même peut-être hommage et, qui sait, un jour l'on baptisera un square *Bigard*. Tu aurais sans doute préféré que l'on donnât ton nom à un cul-de-sac (avec un peu de poils autour), mais tu sais, lorsqu'il s'agit de postérité, on ne choisit pas.

Pour nous résumer, sache que tout ce que je viens de dire, c'est que des conneries. La seule chose qui compte pour moi comme pour des millions de Français, c'est que je t'aime, que tu es le meilleur et que tu nous fais mourir de rire. Aujourd'hui, tu joues Molière, la belle affaire ! Certains t'attendront au tournant ? Ce sont des cons. Molière et toi ne faites qu'un. Moi, j'étais sûr que tu serais sublime : j'ai vu le spectacle et tu l'es. Parce que tu es un interprète de génie, parce que tu es un artiste et un homme infiniment généreux. La meilleure preuve en est inscrite dans ton nom : « Big Heart » qui en anglais signifie « Grand Cœur ».

Chère
Mireille Darc,

Vous allez peut-être m'aider à trouver comment remercier Michel Drucker pour toutes les bontés qu'il a pour moi. Rendez-vous compte : en moins d'un septennat, il m'a permis d'approcher les plus belles femmes du monde, et parmi elles, l'amiral de Gaulle, le propre fils du Général. Grammaticalement, ma phrase est irréprochable. Si l'on utilise l'adverbe « parmi » dans le sens « au milieu de » comme dans la phrase « Au milieu des plus belles femmes du monde se trouvait l'amiral de Gaulle », par exemple pour une photo de groupe, ça fonctionne parfaitement. En revanche, si j'écris « parmi » dans l'acception « faisant partie de », ça ne marche pas. Car vous l'aviez bien compris, je ne considère pas l'amiral de Gaulle comme étant l'une des plus belles femmes du monde, même s'il est encore très bien de sa personne. Il faut bien avouer qu'à côté de Monica Bellucci, il ne tient pas la route. Ce n'est pas non plus son rôle. Ce qu'on lui demande, c'est de tenir la mer et de nous parler de son père.

Il m'a permis d'approcher les plus belles femmes du monde, disais-je, comme Monica Bellucci, il y a huit jours, qui n'a pu s'empêcher de se jeter à mon cou et me couvrir de baisers, tant elle avait été touchée par ma prose, moi qui étais si ému par le sien. Certes, Michel m'a permis de serrer la pince, je devrais plutôt dire d'effleurer la main, de Laetitia Casta, de Cristina Reali, de Jane Fonda et de Ginette... Ginette, c'est la serveuse de *Chez Robert*, là où on va boire un coup après l'émission. Mais à VOUS, chère Mireille ! Je ne l'eusse pu imaginer dans mes rêves les plus fous. Et ceci est le signe du trouble qui m'habite : lorsque l'émotion m'envahit, je me mets à écrire au passé antérieur ou au conditionnel passé deuxième forme. C'est ce qui me trahit. Encore eussé-je voulu le cacher qu'il eût été impossible d'y parvenir.

Vous ici, devant moi ! Vous qui, dans les salles obscures belges, m'offrîtes de si belles heures et m'épatâtes lors de chacune de vos apparitions. Vous, la première liane du cinéma français, à laquelle tous les Tarzan que nous étions auraient tant voulu s'accrocher. Vous, la blonde d'avant les blondes, qui, sans en faire des paquets, mais pourtant si bien roulée, nous auriez tous fait recommencer à fumer.

Vous l'aurez compris, chère Mireille, comme plusieurs millions de mes congénères, j'étais fou amoureux de vous. Et la seule raison qui m'a empêché de venir vous le dire, c'est que j'avais la trouille de me faire coller un pain par Alain Delon... Oulalaa ! J'imagine que celui qui se serait risqué à vous faire des ronds de jambe se serait pris illico un bourre-pif en pleine poire.

C'était l'époque où on imaginait que les belles femmes ne sortaient qu'avec les beaux mecs. Et dans votre cas, c'était sans appel. Vous étiez la plus belle et il n'était pas le plus moche. Et nous, les gens normaux, on se disait que ce monde-là n'était pas pour nous. Sans doute y avait-il une loi qui interdisait les transfuges. Dans ma jeunesse, avec un copain qui était beau, on partait draguer les filles, et lui emballait systématiquement la belle, et moi, la moche, quand j'emballais. Si nous n'étions pas à une heure d'aussi grande écoute, je vous aurais raconté les scènes pathétiques lors desquelles, avec mon physique acnéique et disgracieux d'adolescent, j'essayais d'inviter une mocheté à danser, en bégayant mes phrases à l'imparfait du subjonctif, tandis que mon bellâtre de copain se trémoussait avec des bombes sur la piste de danse.

Donc, je pensais que c'était toujours comme ça, les moches avec les moches et les beaux avec les beaux. Et le couple Delon/Darc en était la confirmation éclatante. Jusqu'au jour où est arrivé Pierre Richard qui, avec *Le Grand Blond*, nous a libérés de cette fatwa. Il nous a révélé qu'un type au physique de clown, drôle et maladroit, pouvait faire se retourner une fille comme vous. Et ça, ça a été une révolution dans ma vie. La fraternisation était donc possible. Les moches pouvaient parler aux belles sans se faire embarquer par les flics. Les rigolos pouvaient donc être séduisants. Le crapaud pouvait tomber amoureux de la biche, puisque si elle l'aimait en retour, il en devenait beau comme un cerf. Et c'est d'ailleurs pour cette raison que l'on dit aujourd'hui que « le cerf beau coasse », mais je m'égare...

En préparant cette émission, je me suis replongé dans votre filmographie qui, rétrospectivement, m'impressionne énormément. Et au-delà de l'hommage que nous rendons aujourd'hui à une grande actrice de cinéma, je voudrais souligner la singularité de votre parcours, fait de sensibilité mise au service de vos personnages dans un premier temps, et des reportages que vous réalisez plus récemment, depuis que vous êtes passée de l'autre côté de la caméra. Ce nouveau métier est aussi une formidable réponse à la réputation de légèreté et de narcissisme des acteurs.

Non seulement vous avez fait cogner nos palpitants, mais vous avez lutté, avec le professeur Cabrol, pour que continue à battre le vôtre. Permettez-moi de vous dire, chère Mireille Darc, qu'avec votre petit air carquois, toutes les flèches que vous avez tirées, c'est également au cœur qu'elles nous ont touchés.

Cher
Lilian Thuram,

Autant vous l'avouer tout de suite : les mots me manquent et ce n'est pas très pratique lorsqu'on veut dire son admiration à quelqu'un. Surtout à la télé. Ça ressemble à une panne de son et ça donne à peu près ceci :
« .... »
Dès lors, vous pourriez me dire comme Cyrano :
« C'est un peu court, jeune homme. » Et vous auriez raison. Alors je me lance, je prends mon courage à deux mains (comme vous, dans votre métier, le prenez à deux pieds), et je m'en vais essayer de vous dire pourquoi je vous admire...
– Parce que vous êtes l'un des plus grands joueurs de foot ?
Pas tellement, au fond...
– Parce que vous êtes le meilleur défenseur du monde ?
Pas vraiment non plus...
– Parce que vous avez été champion du monde et que vous avez même, à vous tout seul, permis à votre équipe d'accéder à cette finale de rêve en 98 ?

Ce n'est pas ça.

– Parce qu'on ne compte plus ni vos sélections en équipe de France, ni les coupes remportées tous azimuts ?

Nous n'y sommes pas encore.

– Parce que vous êtes riche, beau et célèbre ?

Ce ne sont pas non plus les critères qui me font me retourner sur mes semblables.

Mais alors, pourquoi cette admiration ?

Parce que vous êtes un mec bien. Ce que d'autres appelleraient un honnête homme. Parce que vous avez écrit dans votre livre des pages qui m'ont bouleversé. Vous y dites avec force et sensibilité votre refus de l'oppression quelle qu'elle soit : économique, politique, religieuse ou ethnique. Vous y racontez l'histoire de l'esclavage, l'une des pires monstruosités de l'Histoire, infligée à des hommes par des êtres que l'on disait humains, et dont les conséquences néfastes n'ont pas fini de générer injustices et souffrance. Vous y clamez néanmoins votre indéfectible confiance dans les hommes et, au lieu de les blâmer, vous plaignez plutôt les imbéciles qui vous insultent pour la couleur de votre peau. Car vous savez qu'il leur manque quelque chose et qu'on ne naît pas raciste, mais qu'on peut le devenir si on fait fausse route… Alors vous leur parlez, comme vous parlez à ces millions de mômes dont vous êtes l'idole et dont vous savez qu'ils vous regardent lorsque vous montez sur le terrain où vous vous comportez en gentleman. Vous êtes d'ailleurs considéré comme le footballeur le plus intègre et le plus fair-play du métier. Et si ces millions de mômes rêvent de faire un jour Thuram comme métier (comme vous jadis, Tigana), ça fera des millions de mecs bien. C'est toujours ça de pris.

Maintenant, pour ce qui est du football footballistique, je n'ose pas trop m'y risquer, car ma connaissance du sujet n'atteint pas les crampons de Michel Drucker. Pour vous donner un exemple, j'étais persuadé que vous étiez encore parmesan. Michel m'a dit : « Ça, mon p'tit Philippe, c'est râpé ! Il est à la Juve ! » « Ah bon ! rétorqué-je, il est donc milieu de Turin ? » « Encore raté, il est arrière de terrain ! » Et Michel d'ajouter : « Je parie que tu n'es même pas capable de me donner son numéro ? » Et là, il se trompait lourdement, car je le connais, votre numéro : c'est le 06 43 87 XX XX. Je sais encore des tas de choses sur votre famille. Votre oncle, par exemple, qui s'appelait Linoven et qui a fait une très belle carrière au cinéma sous le nom de Linoven Thuram. Je sais encore beaucoup d'autres choses, mais je dois m'arrêter…

Et je m'en voudrais, cher Lilian, de terminer cette lettre sans vous adresser un ultime coup de chapeau. Il s'agit de votre record de longévité au sein du championnat ultramontain. Ces huit années de présence, jamais atteintes par aucun joueur non-transalpin, risquent bien de vous faire entrer à jamais dans le cœur du public italien qui ne s'est d'ailleurs pas trompé en donnant votre nom à l'un de ses desserts les plus réputés : le thuramisu.

* À cheval donné, on ne regarde pas les dents.

Corses, Corses, cher Michel,

Trouverais-je les mots pour vanter les beautés de l'île du même nom ?

Comment traduire le choc par moi ressenti lorsque je posai le pied, hier après-midi, sur le tarmac de l'aéroport Jack Palmer de Calvi ?

Car en effet, et je l'avoue : je ne connaissais pas la Corse. Bien sûr, j'en avais entendu parler. Bien sûr, j'avais vu des photos (mais beaucoup de photos ne sont-elles pas des clichés ?). Dans l'avion, j'ai réalisé que ce que je savais de ce pays se limitait à *l'Enquête corse* de mon excellent confrère Pétillon, Napoléon et Tino Rossi, qui ont respectivement plus œuvré pour la gloire de la France et celle du Père Noël que quiconque sur cette terre. Je connais personnellement quelques Corses de Paris : Yves Calvi, Patrick Fiori, Philippe Alfonsi, Laetitia Casta... Ainsi que plusieurs joueurs de l'Ajaccio d'Amsterdam, et bien sûr, Dominique Colonna, le réalisateur de cette émission, qui nous casse les couilles... euh... je veux dire, qui nous scie les côtes depuis six ans pour qu'on vienne filmer les siennes. Je veux parler de ses côtes, bien sûr, de son île, de son pays. Bref, qu'on vienne faire une émission chez lui. Tout ça, j'en suis sûr, uniquement pour éviter un aller-retour à Paris. Pour pouvoir se prélasser quelques heures de plus dans son jardin, Monsieur n'hésite pas à faire descendre cinquante personnes de la capitale. Ah ! Je vous jure ! Quel feignant ce Colonna. Il est vraiment fainéant comme un... Basque. Déjà que quand il vient travailler à Paris, si on peut appeler ça travailler (il donne surtout des ordres à tout le monde), il essaie de nous vendre des salamu et de la coppa dans le coffre de sa voiture. Dès la fin de l'émission, il file dans les parkings dont il bloque l'entrée. Et revêtu de son costume traditionnel, il nous fait comprendre que si on veut être bien filmés lors du prochain enregistrement, on a intérêt à acheter son huile d'olive, son broutch et les fiadone qu'il oblige son épouse, Mireille Dumas, à cuisiner dans les coulisses de *Vie privée, vie publique*...

Il nous a même menacés un jour de nous chanter des chants corses. Et c'est là que nous avons été obligés de saisir la Cour européenne des droits de l'homme qui est en train de statuer sur la question. Car le chant corse est comme certains vins fragiles, il ne supporte pas le voyage. Il y a des choses qui n'ont pas le même goût si vous ne les consommez pas sur place. Moi-même, je ne mange jamais de choux de Bruxelles ailleurs qu'à Bruxelles, et je ne fais des bêtises qu'à Cambrai. Un pastis n'aura pas la même saveur, que vous le dégustiez avec des petites olives sur le vieux port de Marseille ou avec des saucisses, à la gare de Düsseldorf... De même le chant corse prend-il toute sa signification sur les pentes du Monte Cardu, mais risque, s'il est interprété devant un troupeau de caribous dans le Grand Nord canadien, de faire cailler le lait des cariboutes.

Cela dit, est-il possible d'évoquer ce beau pays autrement qu'à travers des clichés, plus éculés les uns que les autres ? Rien n'est moins sûr, car tenter d'éviter le cliché risque, à son tour, d'en devenir un.

Et puis, ne nous voilons pas la face : il serait ridicule d'essayer de faire croire que le Corse porte le kilt, vit dans des tipis et pêche le phoque au son de la balalaïka. Personne ne nous croirait.

Je ne dis pas non plus qu'il faut tomber dans l'excès inverse et affirmer que le Corse porte la cagoule, vit de subventions et passe ses journées à faire la sieste, le fusil à ses côtés, prêt à dézinguer celui qui s'approche à moins de trois cents mètres de sa sœur.

Enfin, sur ce dernier point, ce n'est pas tout à fait une légende et j'en ai fait les frais pas plus tard que cet après-midi. Peu avant l'émission, notre réalisateur, Dominique Colonna, me regardait d'un œil mauvais, sans que je sache pourquoi. Lorsque je m'enquis de la raison de son courroux, il me lâcha :

— Tu as regardé ma sœur !

— Ah ! Non, je te le jure, Dominique, je n'ai absolument pas regardé ta sœur !

— Quoi ? Tu veux dire qu'elle n'est pas assez belle pour que tu la regardes, c'est ça que tu veux dire ?

Il avait vraiment l'air menaçant, et je ne dois mon salut qu'à la musique du générique qui retentit à cet instant. Et dans un souffle, il me glissa :

— On en reparlera...

Alors, écoute-moi, Dominique :

— Ta sœur, elle est très belle. Si elle te ressemble, ça doit même être une bombe (et je dis ça sans vouloir offenser ton cousin autonomiste radical), mais je te jure que je ne l'ai pas vue, et que si je l'avais aperçue, malgré sa grande beauté (j'imagine toi, en jupe), je ne me serais pas permis de la regarder. Voilà, tu es rassuré ?

C'est incroyable ce Colonna, il est vraiment susceptible comme un... Alsacien. Et voilà, on est de nouveau en plein cliché : chassez le naturel, il revient au galop. Ou plutôt, comme disent les gendarmes sur certaines plages : « Chassez le naturiste, il revient au bungalow ».

Mais la question reste posée : arriverais-je à vous parler de la Corse sans sombrer dans la caricature ? C'est sans doute aussi difficile que de raconter la Belgique en évitant les frites. La Corse, d'ailleurs comme la Belgique, comporte deux régions : le Nord et le Sud.

– Le Corse se nourrit principalement de mulu et de fritu.

– L'effigie de la nation corse est un petit garçon faisant pipi, le Manneken-Pissu.

– Le pays est dirigé par la reine Fabiolu, la veuve du roi Baudouin-Bonaparte.

– De nombreux Corses se sont fait connaître dans le domaine artistique, le plus grand d'entre eux étant assurément Jacques Brellu, dont le célèbre *Port d'Amsterdamu tchi tchi* a fait le tour du monde.

Et voilà, Michel, j'espère que ma lettre vous aura donné envie de connaître un peu mieux the Island of Beauty. Sachez que pour ma part, derrière l'ironie et les jeux de mots à deux balles que contractuellement vous m'obligez à produire, se cache un véritable coup de foudre pour ce pays, furieusement beau et sauvage, miraculeusement épargné par la bêtise polluante des hommes. Je le quitterai dans quelques heures, avec trois idées en tête :

1. Y revenir vite
2. Y revenir souvent
3. Y revenir longtemps

Chère
Évelyne et cher Pierre,

Quel plaisir de vous recevoir sur ce canapé. Je dis « recevoir », car vous nous avez fait un joli cadeau en répondant « oui » à notre invitation. Et je le dis comme je le pense car parfois, je le dis, mais je ne le pense pas. Vous voulez savoir à qui je pense ? Je ne le dirai pas !

J'ai envie de vous écrire une lettre d'amour. Non pas à vous, Évelyne, car votre amoureux nous écoute et que d'abord, je n'écris de lettre d'amour qu'à la femme de ma vie. Et pas non plus à vous, Pierre, car même si je vous trouve très sympathique, vous n'êtes pas mon genre, et d'ailleurs, je ne trempe ma plume que dans mon encrier.
Je voudrais néanmoins vous écrire une lettre d'amour à tous les deux, ou plutôt à votre couple, car vous êtes beaux et jeunes… enfin, surtout Évelyne… talentueux et spirituels ! Et ça nous fait du bien de voir des gens comme vous, à nous qui sommes vieux

et moches, exsangues et radoteurs, et chauves. Là, je parle pour nous deux, Michel : vous choisirez ce qui vous convient. Moi, je prends moche et chauve et je vous laisse le reste.

Et contrairement à ce que l'on pourrait croire, ça ne rend pas jaloux ou amer d'admirer les gens admirables, au contraire, ça nous pousse à être meilleurs ! C'est l'inverse qui est démotivant : quand nous recevons des invités complètement idiots, gros et moches, gravement malades ou politiquement à droite. Là, on se pose parfois des questions.

Je dois reconnaître que nous n'avons jamais reçu quelqu'un qui accumulait tous les critères à la fois. C'est comme si au long de ces quelques saisons, ils s'étaient réparti la tâche. Nous avons eu des gros, certes, mais tellement sympathiques et talentueux ! Nous avons reçu des moches, mais tellement intelligents et drôles ! Nous avons invité des moins favorisés intellectuellement, mais... tellement, euh... Pas tellement que ça, au fond. Juste quelques-uns, mais quelques-uns, c'est beaucoup et il ne faudrait pas que ça devienne une habitude. Car, même si c'est valorisant pour nous de nous mesurer à des fromages de tête à 65 % de matière grise, au bout du compte, ça n'élève pas le débat. Mais c'est Michel qui choisit et moi, je n'ai rien à dire.

(Fort) « Je dis que c'est vous qui choisissez les invités ! » Je suis un peu inquiet pour le moment... Je crois qu'il fait trop de vélo. Ça fait descendre le sang dans les mollets et du coup, le cerveau n'est plus irrigué comme il faut. *(Fort)* « Je dis que vous roulez très bien à vélo ! »

Figurez-vous qu'en préparant l'émission, il m'a soutenu mordicus qu'Évelyne Bouix était la fille de Jean Bouise et de Jacky Ickx et qu'elle avait choisi son nom de scène en réunissant le nom de son papa Jean et celui de sa maman Jacky. Ensuite, je lui ai demandé l'âge de Pierre et il m'a répondu : « RRRRRR ». Je me suis dit que j'avais mal formulé ma question et qu'il me reparlait du film avec Alain Chabat, mais non, il s'était endormi et ronflait gentiment. Puis, il s'est mis à parler dans son sommeil en évoquant les couples mythiques du métier : Montand et Signoret, Laurence Olivier et Vivien Leigh, Sartre et Beauvoir, Sheila et Ringo...

Puis il s'est agité et s'est mis à parler de Fontaine et Bataille. Et là, j'ai senti qu'il fallait le réveiller, je lui ai lancé un verre d'eau sur le visage ; il est sorti de sa torpeur en sursaut et, croyant qu'il était dans le Tour de France, s'est précipité sur son vélo et est parti à toute berzingue.

Alors, je vous regarde tous les deux et j'ai aussi envie de faire « RRRRR » ou plutôt « Rrrrrr, Rrrrr » comme un chat, tant vous semblez ronronner de bonheur sans pour autant tomber dans un quelconque ronron. Vous vous nourrissez l'un de l'autre et cela vous donne une énergie inépuisable. Votre vie semble dédiée à la beauté et à la passion. Merci de nous en faire profiter.

Je termine ici cette lettre d'amour en vous embrassant tous les deux, enfin... surtout Évelyne.

Cher
Philippe Torreton,

J'espère que tu passes de bonnes vacances et que tu ne te fais pas trop emmerder par les paparazzi (qui sont quand même de sacrés fouille-merde). Mais peut-être cette année étaient-ils trop occupés à pister Daniel Ducruet et Cécilia Sarkozy qui, paraît-il, se tartinaient d'huile à bronzer devant tout le monde sur la plage de la Grande-Motte (qui contrairement à ce que son nom pourrait faire croire, n'est pas une plage naturiste). Que faire pour se protéger du paparazzo, à part passer ses vacances au fond d'une mine ? J'en ai moi-même pas mal souffert lors de mes différentes idylles avec Pamela Anderson, Naomi Campbell et Liz Hurley. (À ce propos, savais-tu que c'est à la suite de notre liaison que Liz Toutcourt fut surnommée Liz Hurlait ? Mais je m'éloigne du sujet.) Nous avons dû déjouer mille pièges et trouver cent parades aux astuces toujours plus perfides de ces détrousseurs de vie privée.

Et nous y sommes parvenus au-delà de nos espérances. Vous ne trouverez aucune photo de Naomi, Liz

ou Pamela et moi, en train de batifoler sous les coco-
tiers ou même de nous peloter dans des boîtes bran-
chées. Pour arriver à ce résultat, il faut une rigueur
extrême :

– Disposer des mines antichars tout autour du jardin
(en prenant soin de signaler au facteur et au livreur
de pizza où elles se trouvent).
– Porter en permanence une combinaison en papier
aluminium qui a le double avantage de vous rendre
méconnaissable et de refléter les rayons du soleil
dans le viseur du photographe, lui grillant ainsi la
rétine.
– Il n'est pas inutile non plus d'entourer la propriété
de pièges à loups. Si vous parvenez à en attraper un
(pas un loup, un paparazzi), clouez-le sur la porte du
garage, l'odeur éloignera les autres.

Voilà, c'est aussi simple que ça… Ah non ! J'oubliais
l'indispensable : évitez de vous trouver en compagnie
de la personne ! Dans mon cas, c'est sans doute ce
qui a le mieux fonctionné avec mes trois compagnes.
Nous avons observé cette règle à la lettre : nous ne
nous sommes jamais vus. Pas de contacts, résultat :
pas de photos !

Mais revenons à toi, cher Philippe, et à tes vacances.
J'espère qu'elles sont bonnes et que vous avez du
beau temps. Ici, il fait magnifique. Nous sommes
chez Michel, en Provence. Depuis qu'on a fait une
émission spéciale à Marseille et une autre en Corse,
il nous emmène partout avec lui. On se fait bouffer
par les moustiques parce qu'on sait que Dany Saval
défend les animaux maltraités et, du coup, on n'ose
pas écrabouiller ces sales bêtes de peur de se faire

mal voir par la patronne. Jean-Pierre fait la cuisine et tente d'en apprendre les rudiments à Michel qui, en un mois, a fait des progrès spectaculaires ! Il a déjà appris à faire bouillir de l'eau et à ouvrir le paquet de pâtes. Le mois prochain, nous lui apprendrons à verser les pâtes dans la casserole et à râper le fromage.

Là où il est le meilleur, c'est dans son rôle de marmiton. S'il arrive à Jean-Pierre Coffe d'oublier d'acheter de la moutarde en faisant ses courses ou si l'épicerie du coin est fermée, Michel sautera dans son hélicoptère d'où il téléphonera à Bernadette Chirac pour qu'elle demande à son mari d'appeler Michèle Alliot-Marie qui donnera l'ordre au chef cuisinier du porte-avions *Charles de Gaulle* de prêter un pot d'Amora à Michel qui appontera quelques instants seulement, avant de rapporter la moutarde à Jean-Pierre, escorté par la patrouille de France. Eh oui ! C'est aussi ça, 40 ans de télévision.

Nicolas Canteloup, lui, travaille ses imitations et permet à Drucker de s'entraîner à poser des questions à des tas de personnalités différentes sans les déranger. Pour lui, l'interview, c'est comme le vélo : même si ça ne s'oublie pas, ça doit s'entretenir…

Quant à moi, je m'occupe un peu du jardin, je fais le tour des pièges qui cernent la propriété et j'enterre les paparazzi qui ont séché au soleil. Et lorsque tout le monde fait la sieste, j'en profite pour prendre un peu d'avance sur le courrier aux invités. C'est donc d'ici que je t'écris, cher Philippe. Cette année, la douleur de voir les vacances s'achever sera largement compensée par le bonheur de te recevoir sur le plateau.

C'est un honneur pour nous d'accueillir un aussi grand acteur qui, depuis sa révélation fracassante dans *Capitaine Conan,* n'a cessé de nous toucher par son humanité et sa profondeur. Oserais-je dire par sa sincérité ? Mais comme le disait le critique Pierre Marcabru : « Peut-on parler de sincérité au théâtre, où tout n'est que mensonge ? » Devrais-je alors parler d'honnêteté ? Mais se peut-il que quelqu'un qui nous ment avec autant de sincérité soit totalement honnête ?

Moi, ce que je sais, c'est qu'un type qui arrache des plants de maïs transgéniques en compagnie d'Anémone, de Lambert Wilson et de Christophe Malavoy, ne peut pas être tout à fait mauvais...

Chère
Céline Dion,

J'imagine que vous devez recevoir beaucoup de courrier. Quand je vois déjà ce que moi, misérable grouillot, je dois décacheter chaque semaine ; quand je vois ployer les facteurs sous le poids des missives qu'ils apportent quotidiennement à Michel Drucker, je me dis que la star mondiale que vous êtes doit avoir une boîte aux lettres grande comme le palais des Sports, et qu'une vie entière ne suffirait pas à lire tout ce que vos fans vous ont écrit depuis vingt-cinq ans. Je me rends bien compte que je suis un privilégié, car cette lettre-ci, vous allez être obligée de l'écouter jusqu'au bout, et je dois en ce moment faire au moins 4 milliards de jaloux...

Chère Céline Dion,

Voilà presque trois ans que vous avez quitté Bousval et la Belgique. Ah ! Ceci demande une petite précision à l'attention de ceux qui n'ont pas suivi les épisodes précédents : à l'automne 2002, pour les répétitions de son spectacle à Las Vegas, mis en scène par le Belge Franco Dragone, Céline est venue s'installer à 500 mètres de chez moi, à Bousval, au sud de Bruxelles. Vous n'imaginez pas le bordel que ça a provoqué dans le village ! Je veux dire... l'émoi que ça a créé dans la région ! Ce charmant coin du Brabant wallon nommé Bousval, donc littéralement *la vallée de la bouse*, n'avait jamais intéressé personne, et voilà que du jour au lendemain, des reporters du monde entier s'y pressaient en nombre et venaient frapper à mon huis pour me questionner. Au début, ignorant moi-même la grande nouvelle, je pensais ouvrir la porte à des journalistes venus m'interroger sur la sortie de mon dernier ouvrage. Mais que nenni ! Ils n'espéraient qu'une chose : en savoir plus sur l'arrivée prochaine de la Castafiore québécoise au pays de Tintin. « Je ne sais rien, Messieurs, répondis-je, et quand bien même saurais-je, je ne vous en dirais pas plus ! » Question discrétion, j'ai été à bonne école. Mon maître et ami, Michel Drucker, m'a tout appris dans ce domaine. Vous imaginez bien qu'avec son ancienneté dans le métier et les relations qu'il a, il sait tout sur tout le monde. Mais ne comptez pas sur lui pour lâcher le morceau à la presse. Il a toutes les adresses privées et tous les numéros de portable. Il sait qui couche avec qui et dans quelles positions, mais il ne dira rien. Même sous la torture, il ne parlerait pas. Michel est comme un docteur ou un prêtre ! Et on ne trahit pas le secret de la confession ! Pour Yves Montand et Marilyn, il savait. Pour Bill et Monica, il savait aussi et n'a pourtant pipé mot. Pour Astérix et Obélix, il sait, non pas qu'ils sont ensemble, mais qui jouera les rôles dans le prochain film : Marc Olivier Fogiel et Guy Carlier, mais il ne dira rien !

Quelle leçon ! Donc moi, c'est pareil, botus et mouche cousue !

Mais revenons à Bousval, en Belgique : votre séjour de vingt jours s'y est relativement bien passé, je crois, à part le temps. Si mes souvenirs sont bons, vous avez eu droit à dix-neuf jours et demi de pluie. Mais je vous rassure, au cas où il vous prendrait l'idée de revenir, il ne fait pas toujours comme ça : nous avons aussi de la grêle, de la neige et du brouillard.

Une chose que vous ignorez sans doute, chère Céline Dion, c'est ce qu'est devenu Bousval depuis votre passage. La maison que vous avez habitée a été transformée en grotte miraculeuse et des malades du monde entier viennent s'y recueillir. Ça amène beaucoup de microbes, évidemment. Les autocars de pèlerins écrasent mes parterres de tulipes en manœuvrant, c'est vrai, mais au moins, j'ai la chance d'habiter maintenant rue Céline Dion, juste après le rond-point Céline Dion, face à l'avenue Céline Dion qui mène tout droit à la grotte miraculeuse. Mais les miracles, ça ne marche pas à tous les coups. Personnellement, j'y suis allé brûler des cierges pour faire repousser mes cheveux, et voyez le résultat ! Vous allez me dire que sainte Céline n'est pas la patronne des causes perdues. Sans doute, mais dites-moi alors, comment il se fait que certaines de vos collègues, dont je tairai le nom, arrivent, elles, à me faire dresser les cheveux sur la tête ?

À Bousval, tous ceux qui ont eu la chance de vous approcher gardent un souvenir ému de votre gentillesse et de votre simplicité. Cela va des mômes du quartier à qui vous avez dédicacé CD et photos de C.D. (vous aviez des initiales prémonitoires), des mômes, disais-je, jusqu'à la patronne du restaurant voisin, ou à l'électricien, Monsieur Gaston à qui vous aviez commandé cinq télés à écran plat pour en équiper toutes les chambres. Il m'a dit plus tard : « Vous vous rendez compte, Monsieur Geluck, vendre cinq télés en un jour ! Ça, c'est un truc qu'un électricien n'oublie jamais de sa vie ! »

Et puis, vous avez pris l'avion Bousval-Las Vegas pour aller enchanter vos quatre mille spectateurs/jour. Et nous avons été un peu tristes de vous voir partir. Nous nous étions habitués à entendre les vocalises dans votre chaumière calfeutrée.

Si un jour vous reveniez dans le coin, ne vous mettez pas en peine de chercher une maison à louer : vous serez toujours la bienvenue chez nous. Bien sûr, notre maison n'est pas aussi grande que la vôtre, mais nous avons rempli notre petite piscine de sirop d'érable. Ça muscle mieux que l'eau : une longueur dans le sirop en vaut dix dans l'eau. S'il ne pleut pas, on mettra René dans un fauteuil, sur la terrasse, d'où il pourra surveiller les caribous que nous élevons dans le jardin. René-Charles pourra aller à l'école du village. Certes, il attrapera un petit accent wallon, mais ça ne peut pas être pire que l'accent québécois. Quant à vous, chère Céline, n'apportez pas vos six mille paires de chaussures, nous ne saurions où les mettre. Et puis, ma femme en possède elle-même dix-huit, non pas paires, mais chaussures, et elle pourra vous en prêter quelques-unes puisqu'elle n'en porte que deux à la fois.

Moi qui vous ai écoutée si souvent, je vous remercie de m'avoir entendu jusqu'au bout. Vous ne pouvez imaginer comme il est impressionnant, lorsqu'on pratique l'art épistolaire, d'envoyer sa lettre à celle qui possède sans doute le plus joli timbre du monde.

Cher
François Léotard,

Vous avez un point commun avec Alain Madelin, ce qui n'étonnera personne, et aussi avec Roch Voisine, ce qui en étonnera plus d'un. Vous êtes tous les trois nés un 26 mars. Enfin, je devrais dire tous les quatre si je compte ma voisine qui est aussi du 26. On s'en fout, me direz-vous. C'est vrai ! N'empêche qu'elle, elle a trois points communs avec Roch Voisine : elle est du 26, elle danse le rock et, elle aussi, est une voisine.

Rassurez-vous, cher François Léotard, je ne vous en veux pas pour ce que vous m'avez dit, il y a quelques années. Je ne sais pas si vous vous en souvenez, mais vous aviez titré l'un de vos livres *Je vous hais tous avec douceur* et avec mon côté un peu parano, j'ai pris ça pour moi. Je me suis dit : s'il nous hait tous, il me hait moi aussi. Et comme je restais planté là, devant la vitrine du libraire, observant ceux qui étaient autour de moi et qui semblaient ne pas être concernés le moins du monde par votre invective, j'en conclus que si ce n'était pas pour eux, c'était bien pour moi. Je devais lire « Je te hais, toi, Philippe ! », le « avec douceur » n'adoucissant rien du tout. En réalité, je n'ai jamais compris les raisons de cette acrimonie, ni pourquoi vous m'en vouliez tellement. Parce que moi, je vous aime plutôt bien, au fond. J'aurais peut-être pu le savoir en lisant le livre, mais je vous l'avoue, je ne l'ai pas acheté. Je n'allais pas non plus faire gagner du fric à un type qui me détestait à ce point.

Et c'est vrai que je vous aime bien, parce que je me dis qu'un type qui a quitté la politique ne peut pas être totalement mauvais. Attention ! Ne me faites pas dire ce que je n'ai pas dit : je ne sous-entends pas que ceux qui y sont restés sont totalement mauvais. Non ! Pas totalement.

Lorsqu'on se penche sur votre parcours, cher François Léotard, on ne peut qu'être frappé par la dualité qui vous constitue. Il y a l'homme politique et l'homme de lettres. Vous les avez fait cohabiter en vous bien avant que d'autres ne fassent pareil à la tête de l'État. Il y a Léotard, le politique qui travaille tard sur ses dossiers, et Léotôt qui se lève tôt, pour écrire des livres. « Léotard a-t-il su très tôt qu'il deviendrait Léotôt sur le tard ? » Ou s'est-il dit : « Il est encore trop tôt, mais tôt ou tard, Léotard sera Léautaud ! »

Ce dualisme est présent tout au long de votre carrière, et même de votre vie. Et le duo comique que vous formiez avec votre frère Philippe en est un des signes les plus palpables : l'Auguste (lui) et le clown blanc (vous). Vous avez d'ailleurs un jour dit : « Une partie de la sympathie qu'on avait pour moi venait de lui ». Le ministre de la Défense, et celui de la Défonce, comme il l'avait si joliment dit.

Dualité encore lorsque vous citez saint Benoît qui se demande s'il est si facile que ça de « Habitare secum », habiter avec soi. Alors, qu'est-ce que ça doit être d'habiter avec un frère disparu ! Il vous accompagne, vous conseille et vous aide à réfléchir. C'est lui, dites-vous, qui vous a rendu le goût de la liberté et de la solitude... jusqu'à vous faire abandonner la politique. C'est d'autant plus troublant que c'est pour venger votre père (victime d'une campagne de calomnies) que vous y êtes entré, en politique. Vos motivations ont été familiales avant d'être citoyennes. L'un n'empêche pas l'autre, d'ailleurs. Le principal, comme avec la drogue ou l'alcool, est de pouvoir s'arrêter. Enfin, vous vous en êtes sorti, et c'est ce qui compte. Et aujourd'hui, vous pouvez vous adonner à vos deux passions (toujours ce deux !), l'écriture et la paternité.

Je vous ai entendu vous raconter avec beaucoup de sincérité et de profondeur chez Marc Menant, il y a quelques dimanches sur Europe 1. En vous écoutant, je me disais : « Ce bonhomme est formidable, honnête, touchant, lucide, cultivé... Comment est-il possible alors, que ce soit lui qui ait privatisé TF1 ? Il ne devait pas être lui-même ce jour-là, il n'était pas dans son état normal, avait-il bu ? Ou alors, on l'a forcé et ensuite, il a bien été obligé de se justifier... » Les mots de l'époque résonnent encore à mes oreilles. Vous étiez alors ministre de la Culture, et vous nous disiez, droit dans les yeux, sans glousser, qu'il s'agissait là d'un grand pas en avant pour la télévision, et que la culture garderait une place privilégiée au sein de la chaîne privatisée. D'ailleurs, tout cela, disiez-vous, est inscrit dans un cahier des charges en béton. C'est peut-être parce qu'il était en béton qu'il a coulé si vite, car depuis 1987, je ne l'ai pas encore vu réapparaître, et je me demande si dix-huit ans plus tard, ce que l'on appelait à l'époque « Le mieux disant culturel », ne porte pas aujourd'hui le nom de *Fear Factor*, *La 1re Compagnie*, *L'Île de la tentation* ou *Téléshopping* ?

Vous avez dit un jour que le pouvoir, c'était comme un chien : on peut faire en sorte qu'il devienne dangereux. Vous nous direz peut-être, sur ce divan, si vous êtes parti lorsque vous avez senti que l'animal risquait de mordre la main qui l'avait nourri, au lieu de lui rapporter gentiment la baballe. C'est de tout cela, mais aussi de *La Vie mélancolique des méduses*, votre dernier roman, dont vous allez nous parler ce soir. En toute liberté retrouvée, puisque selon vos propres dires, le langage politique est souvent un langage de compromis, parfois de flatterie, de mensonge aussi. Cette époque est aujourd'hui révolue pour vous. Alors, laissez-nous vous dire : Bienvenue, cher François Léotard, bienvenue sur France 2. La télévision de service public vous consacre tout un dimanche. C'est dire si elle n'est pas rancunière !

Chère
Madame la Baronne,

Et poum ! Patatras... Première erreur ! On ne doit pas dire « Chère Madame la Baronne », mais « Madame la Baronne ». Je sais. Je le savais pourtant ! J'avais relu mon manuel de savoir-vivre et je pensais avoir tout bon pour le reste : les ongles propres, bien coiffé, la raie au milieu, les pieds joints et les fesses légèrement serrées, délicatement posées sur le bord du canapé. Mais étant tellement coutumier de « Salut, mon pote » ou « Comment vas-tu, mémère ? », ce que, vous l'aurez noté, je me suis interdit de vous dire, j'ai néanmoins trébuché dès le début. Mais je sais que vous ne m'en tiendrez pas rigueur car lorsqu'on a de l'éducation, on ne fait pas sentir aux inférieurs l'étendue de leur bévue. Ce qui m'amène à vous dire deux choses :

Primo, de quel droit vous permettez-vous de nous traiter d'inférieurs ?

Secundo, prenez garde à mesurer vos propos, ma petite Nadine, car vous ne savez peut-être pas à qui vous avez affaire : nous fréquentons des gens très haut placés. Michel fait du vélo avec Madame Chirac et joue aux dominos avec Nicolas Sarkozy (à moins que ce soit le contraire). Et je connais moi-même une personne dont le frère a épousé une dame dont la fille de la voisine fréquente un type qui a, un jour, failli serrer la pince à Omar Sharif. Alors, c'est pour vous dire que nous aussi, le beau monde, on sait ce que c'est.

Mais là où vous allez voir que tout se rejoint, c'est que si nous nous sentons tellement à l'aise dans le beau monde, Michel et moi, c'est sans doute grâce à vous. Car nous avons lu et relu vos livres et vos conseils. Et c'est grâce à vous que nous savons qu'il ne faut pas dire « Bonne bourre, mon Prince » au jeune marié royal prenant congé de ses invités, le soir des noces. C'est grâce à vous que nous savons que lorsqu'on accueille à notre table un manchot, il ne faut pas lui donner une cuiller à soupe, mais une paille. Sans vous, nous n'aurions jamais deviné que lorsque nous sommes reçus à dîner au Vatican, il est très mal vu de dire au Saint-Père, au moment du dessert, « Cher Saint-Père, ces fraises sont délicieuses, je suppose que c'est vous-même qui les avez sucrées ? »

Et si nous avons le teint si frais et le cheveu si brillant (enfin, surtout Michel), c'est encore grâce à vous et à vos conseils en cosmétique. Grâce à vos masques au concombre, à l'avocat ou aux amandes dont nous nous tartinons le visage. Même si Michel a un peu exagéré en s'en faisant un au jambon, aux rillettes ou au croque-monsieur (mais ça, c'est parce qu'il les mange après se les être appliqués). Grâce à vous, nous savons comment nous adresser à nos domestiques : nous avons appris que lorsque l'un d'entre eux tombe malade, il ne faut pas l'en blâmer, mais au contraire le soigner en attendant la visite du vétérinaire. Grâce à vous, nous savons comment dresser une table, ou du moins, la femme qui devra le faire.

Tout cela pour dire, ma Baronne, que, question convenances et bonnes manières, vous nous avez tout appris. Y compris à mieux vous connaître. Et je ne pense pas me tromper en disant qu'entre toutes les qualités d'un hôte ou d'une hôtesse, liées au savoir-vivre, au fond de vous-même, vous savez que la principale est celle du cœur. Et j'ose espérer que vous, qui venez du peuple, continuez à penser qu'il vaut mieux partager un sauciflard arrosé d'un coup de rouge avec des gens honnêtes, drôles et généreux, plutôt que du caviar et du homard avec des pète-sec friqués et arrogants, quand bien même les vins servis seraient du Mouton-Rothschild...

Cher
Bernard Lavilliers,

Vous êtes à vous tout seul un inventaire à la Prévert : boxeur, gangster, poète, anar, artiste, voyou, corsaire, baroudeur, tourneur, chauffeur, solitaire, solidaire, insomniaque, déserteur, insoumis, ouvrier, révolté, marin, musicien, débardeur, journaliste, reporter, voyageur. J'espère que je n'ai rien oublié ? Ah ! Si, chanteur !

Je ne sais pas ce qui s'est passé entre nous, cher Bernard, mais les choses ont bien changé : il fut un temps où vous m'énerviez, et maintenant, je vous adore. Qui a changé de nous deux ? Vous ? Moi ? Ou aucun de nous ? Je pencherais plutôt pour cette dernière solution. Et je crois que c'est ça qui nous a sauvés.
Depuis trente ans, vous suivez le même chemin, celui qui ne mène pas à Rome. Votre plan de route est de ne pas en avoir. Au début, je pensais que tout cela était orchestré, préparé, marketé. Et c'est ça qui m'énervait. Je me disais : Brassens n'a pas eu

besoin de conduire des camions en Amazonie pour écrire ses chefs-d'œuvre. Léo Ferré ne passe pas ses journées dans les salles de body-building pour venir nous chanter *Avec le temps*, en débardeur et bottes de cuir.

Christophe Colomb a découvert l'Amérique en 1492, Bernard Lavilliers découvre le Brésil en 1965, et on en parle presque autant. Et je me disais : « Il se la pète le Nanard ! » Mais, déjà à l'époque, une chose me troublait. Certes vous m'énerviez, mais j'aimais vos chansons. Et je me disais :

« Quelqu'un qui chante des choses qui me parlent tant ne doit pas être un mauvais bougre. » Et fort de cette certitude, je me suis mis à m'interroger sur mes opinions. Qu'avais-je finalement à lui reprocher à ce garçon ?

– Ses origines ? Un père ouvrier et ancien résistant, une mère institutrice ? Tout pour me plaire.

– Adolescent rebelle envoyé en maison de correction ? Parfait ! Je suis moi-même rebelge, et j'essaie de ne jamais manquer de correction.

– Puis-je lui reprocher son départ pour le Brésil, le Salvador, le Guatemala, la Jamaïque ? J'aime moi aussi Henri Salvador et Serge Guatemala qui chante si bien « Je suis guatemalade, complètement guate-malaaade ! »

– En 79, il chante à l'Hippodrome de Pantin, et là, je salue carrément la performance car il n'est pas facile de chanter à cheval, et en plus, de terminer dans les trois premiers du Hit-Parade. Et les arguments en sa faveur se mettent à se bousculer au portillon :

– On le dit insomniaque parce qu'il boit trop de café, et pourtant, son premier disque est sorti chez Decca.

– Les mauvaises langues prétendent qu'il mélange le vrai et le faux dans ses souvenirs d'Amazonie. Moi, je dis : « C'est un peu normal, ça se passe en Amnésique du Sud. »

Et me voilà devenu le plus grand défenseur de celui dont je ricanais quelques années plus tôt ! Je me mis à chanter à tue-tête : *Bernard, Bernard, Bê-êrnard revient… Bernard revient parmi les siens !*

Jusqu'au jour où s'abattit sur moi cette terrible nouvelle : j'apprends qu'en 1989, Bernard Lavilliers a chanté en nazi. Et je n'en crois pas mes oreilles ! Comment se peut-il que Nanard, le prolo, le frère des opprimés, le chantre de la fraternité multiethnique (et pas seulement ta mère) se livre à de telles obscénités ? Est-il tombé sur la tête, pour aller interpréter ses chansons habillé en SS ? Et c'est là que mon interlocuteur me dit : « Mais non ! Pas en nazi ! En ASI-E ! » « Quoi ! répondis-je, déguisé en Eva Braun ? Travelo et facho ? C'est pire ! » « Mais non ! Abruti ! En Asie, le continent ! » « Aaaaaah ! », fis-je, en poussant un ouf de soulagement, ce qui est très difficile d'ailleurs… de dire « Aaaah ! » et « Ouf ! » en même temps, essayez, vous verrez.

Donc, mon Nanard est bien comme je le pensais. En quelques années, vous étiez passé du statut de « C'est quoi ce mec ? » à celui de « Mon Nanard ». Je me suis longtemps interrogé sur l'origine de mes interrogations. Au fond, pourquoi ai-je eu ce blocage envers vous, alors que j'aimais vos chansons et les idées que vous défendiez ?
Et je crois que j'ai trouvé. J'espère que cela ne vous fera pas trop de peine, mais je sais ce qui me déran-

geait : c'était votre T-shirt à manches courtes. Je crois que je vous aurais aimé tout de suite si vous aviez porté une chemise à manches longues. À quoi ça tient quand même !

Pfou ! Ça m'a fait du bien d'en parler ! Il paraît que ce n'est pas bon de garder des choses comme ça pour soi pendant plus de trente ans.

Et voilà, cher Bernard, je vous remercie de m'avoir permis de me libérer de ce poids. Pour le reste, continuez votre chemin, n'allez jamais à Rome. N'écoutez que votre petite musique intérieure, car comme le bifidus actif, ce qu'elle fait à l'intérieur se voit à l'extérieur !

Entre ici
Stéphane Bern,

Tu l'as bien méritée cette place au Panthéon. Aux côtés de ceux qui ont fait la France. Tu reposeras ici, pour les siècles des siècles, entre Victor Hugo et Raymond Poulidor, aux côtés de Voltaire et de Guy Lux...

Plus personne ne s'étonne aujourd'hui de voir voisiner sous le dôme de cette vénérable maison les cendres des plus grands esprits que ce pays a vu naître, et celles de sportifs ou d'animateurs de la télé. Certes, au moment où la loi est passée, il y a bien eu quelques levées de boucliers, mais la personnalité du Premier ministre a vite fait taire les protestations. Mais resituons le contexte politique de l'époque : nous sommes en mai 2027. Jacques Chirac vient de remporter sa septième élection présidentielle consécutive. Ses ennemis politiques estiment qu'il est devenu gâteux et n'est plus à même d'assumer sa fonction. Il est vrai qu'à 95 ans, il n'est plus ce type frétillant que nous avions connu. Il a multiplié les accidents cérébraux et, aujourd'hui, fait un peu penser à Jean-Paul II vers la fin de son pontificat. Mais l'appétit reste bon et quand l'appétit va, tout va. Surtout depuis qu'il a exilé Nicolas Sarkozy à Sainte-Hélène en 2007, et règne sans partage sur la France. Au lendemain de son élection, Jacques Chirac avait d'abord souhaité que ce soit John Wayne qui dirige le gouvernement et il avait fallu lui expliquer que ce ne serait pas possible, étant donné que l'acteur était mort depuis près de cinquante ans. Cette information avait profondément attristé le Président qui ne s'attendait pas à cette fâcheuse nouvelle : il le trouvait tellement en forme dans les films qu'il regardait chaque soir. Il s'était alors rabattu sur une autre tête qu'il voyait souvent à la télé : Michel Drucker. Mais il aurait tout aussi bien pu nommer Jean-Luc Delarue, Julien Lepers ou Benny Hill… Drucker à Matignon avait bluffé tout le monde, notamment en réalisant ces économies drastiques que le pays attendait depuis si longtemps. Son gouvernement se composait de trois personnes :

Jean-Pierre Coffe à la Bonne Bouffe. Moi-même à la Culture, et plus précisément à la Bande dessinée, et encore plus particulièrement, aux Dessins d'humour, section gros chats à lunettes. C'était un portefeuille taillé sur mesure. D'aucuns prétendirent que ça sentait le piston à plein nez, mais la polémique ne dura que quelques jours. Nicolas Canteloup, lui, assumait à lui seul tous les autres postes, depuis que le Conseil des ministres du mercredi se passait au téléphone, le Président n'y entendant que du feu. Mais revenons à cette loi que fit voter Drucker dès l'été 2027 et qui donnait leur ticket d'entrée au Panthéon à tous ceux qui bâtirent le patrimoine audiovisuel des quatre-vingts dernières années. « Les dictionnaires des noms propres ne doivent plus être réservés aux seuls intellectuels, avait déclaré Michel, mais s'ouvrir à tous ceux qui habitent le cœur des Français ». Et toc ! C'est ainsi qu'à l'automne, se succédèrent des arrivées en grande pompe :

– La dépouille de Philippe Bouvard et celle de Thierry Roland rejoignirent celle d'Émile Zola.
– Pierre Tchernia et Pierre Bellemare sont les nouveaux voisins de Louis Braille.
– Casimir repose aux côtés de Jean Moulin et Danielle Gilbert fait crypte commune avec Pierre et Marie Curie.
– Bataille et Fontaine entourent Jean Jaurès. Cela paraît choquant, c'est vrai, mais au moins là, ils font moins de mal qu'à la télé.
– Guy Carlier, lui, a été placé auprès de Léon Gambetta, de Condorcet et d'André Malraux. « Mais, me direz-vous, ils ne résident pas dans la même salle ! » Vous avez raison. Comme la dépouille de Guy ne passait pas, on a dû la faire en trois morceaux, et du coup, ça a donné l'idée d'en mettre un peu partout. Ça a déplu à certains ? On ne peut pas plaire à tout le monde !

Et aujourd'hui, c'est ton tour, Stéphane... La France, aux grands hommes reconnaissante, te dit merci pour tout ce que tu as fait pour elle. Et ce n'est pas un hasard si le peuple de Paris vient derrière toi, d'accompagner cet ultime voyage, descendant l'avenue Bruno Masure, traversant la place Armande Altaï, le pont Cauet, pour terminer ici, rue Bernard Montiel. Le trajet que tu fis cent fois, entre le théâtre Saint-Georges où tu triomphas jusqu'à ton dernier souffle et le Panthéon où tu commentas la mise en bière de tous tes collègues, après en avoir fait la mise en boîte.

Qui aurait cru que *Numéro complémentaire*, cette pièce que tu créas en septembre 2005, ne quitterait plus l'affiche pendant quarante-deux ans et y serait encore si tu n'étais pas mort en scène, prématurément, comme Molière. Le peuple de France est en larmes et je le comprends. Il vient de perdre l'un de ses papillons les plus rares qui, non content d'avoir survolé ce métier avec grâce et diversité, a surtout opéré l'une des plus éblouissantes reconversions que la profession ait connue. D'improbable chrysalide mondaine, tu es devenu ce lépidoptère (c'est pour ne pas dire deux fois « papillon ») aux couleurs éclatantes. Comme si ce parapluie que tu semblais avoir avalé s'était métamorphosé en machine volante, te permettant, tel Mary Poppins, d'atteindre le firmament, jusqu'à faire dire à un journaliste de l'époque : « A star is bern ! »

Chère
Brigitte Fossey,

Je m'étais dit, en commençant cette lettre, que j'allais tout faire pour vous éviter la sempiternelle référence à *Jeux interdits*. Autant vous l'avouer : je n'y suis pas arrivé. Et je vous jure que j'ai essayé, car j'avais lu des interviews dans lesquelles vous disiez combien ça vous avait pesé qu'on ne vous parle que de ça. Alors rassurez-vous, je ne vais pas vous parler que de ça, mais je vais vous parler aussi de ça. Mettez-vous à ma place. Le sujet est trop beau, trop rare et trop tentant pour ne pas y sauter à pieds joints. Et si je me mets à la vôtre, je peux tout à fait comprendre qu'il doit être parfaitement frustrant d'essayer de se construire une carrière artistique d'adulte en se sentant continuellement ramenée par les autres à cette image d'enfant star qui vous colle à la peau, comme le sparadrap au doigt du capitaine Haddock, à la planche 45 de *L'Affaire Tournesol*. Mais vous n'êtes pas la seule dans votre cas, rassurez-vous, même si ça n'a rien de rassurant.

Vous n'imaginez pas les affres du bébé Cadum qui, tout au long de son existence, porta comme une croix ce qui avait suscité sa gloire planétaire. Toute sa vie, on lui demanda de signer des savons. Il fut fait, malgré lui, citoyen d'honneur de Marseille. Ses échecs professionnels furent légion : il fut d'abord pion dans un lycée, mais lorsqu'il passait un savon à ses élèves, ceux-ci s'en lavaient les mains. Alors, il se tourna vers le sport, mais dans les douches, tous ses camarades lui tournaient le dos en lui demandant de le leur frictionner. Il s'essaya au tennis, mais il avait tellement de savon sur les mains que la raquette, *pwiiit*, lui échappait comme une truite sortant de l'eau et partait avec la balle à chaque service. Aux haltères, ce fut pire : quand il soulevait, ça glissait et lui retombait sur les orteils. Et aux barres asymétriques, je ne vous raconte pas : dès qu'il prenait un peu de vitesse, il se retrouvait, en vol plané, au milieu du public. Découragé par tant d'échecs, il voulut mettre fin à ses jours : heureusement, le pistolet, *repwiiit*, lui glissa des mains et il se rata. Totalement désemparé, il se tourna vers Dieu et entra dans les ordres où il fit merveille en créant, notamment, l'eau bénite savonnée. Il gravit les échelons de la hiérarchie. Il termina sa carrière à Rome sous le nom de Paul V et durant son pontificat put ainsi faire des bulles en toute sérénité.

Le destin d'enfant star ne semble pas des plus enviables et l'on peut se demander si une enfance normale, voire banale, n'est pas le meilleur tremplin pour une vie réussie. Rien ne prédisposait Michel Drucker à la carrière que nous connaissons et qui l'a placé aux côtés du général de Gaulle, de Molière et de Marie Curie, parmi les plus importants Français de tous les temps, lui qui fut l'un des plus fameux cancres de sa ville natale, Vire. Lui, plusieurs fois nominé au titre d'*Andouille de l'année*. De toute façon, dans ce monde de brutes, on ne peut compter que sur soi et vous en êtes la plus belle preuve, même si, comme vous le racontez, à 9 ans, vous entendiez des voix qui vous disaient : « Persévère, n'abandonne pas, fais du théâtre ! » Moi, à cet âge-là, les voix me disaient plutôt : « Va ranger ta chambre ! Ne mets pas les doigts dans ton nez ! » Vous avez persévéré et construit une magnifique carrière. Finalement, le point commun entre la petite fille de *Jeux interdits* et l'actrice rayonnante que nous recevons aujourd'hui est sans doute cette lumière qui vous auréole depuis 1952.

Je ne pense pas avoir vu une seule photo de vous où vous ne souriez pas. Si, peut-être une seule. Sur laquelle vous êtes de dos. Et même de dos, vous semblez sourire… Si vous étiez devenue nonne comme vous en émîtes l'hypothèse enfant, on vous aurait appelée Sœur Fossettes. Ce besoin de montrer vos jolies dents vous vient sans doute de l'enfance puisque lors du tournage de *Jeux interdits*, il avait fallu vous en faire porter de fausses, vos dents de lait s'étant barrées entre le casting et le tournage. Aujourd'hui, ça n'arriverait plus puisque votre mari est dentiste, et c'est lui qui veille sur « les dents de la mère », comme dit votre fille. La boucle est donc bouclée, comme vos cheveux, et moi-même dans un instant, non sans vous avoir dit que si nous avions su, nous aurions apporté de l'huile à bronzer et des lunettes fumées, tant vous avez ensoleillé notre dimanche.

Chère
Lorie,

Je tiens à vous le dire, je suis entièrement d'accord avec le Président Chirac. Attention ! Comprenez-moi bien ! Je ne veux pas dire par là que j'approuve toujours et sans réserve sa politique. Non ! Nos points de vue divergent régulièrement, et d'ailleurs, il suit assez rarement mes conseils. Là où j'approuve entièrement le Président, chère Lorie, c'est lorsqu'il vous dit que « vous êtes un bel exemple pour la jeunesse française et que vous montrez une belle image de la France ». Je ne lui fais qu'un reproche, c'est de m'avoir piqué la formule, car j'avais moi-même déclaré quelques jours auparavant que « Michel Drucker était un bel exemple pour le troisième âge et qu'il montrait une belle image du service public ». Au fond, vous êtes assez proches tous les deux. Pas Chirac et vous, Drucker et vous : vous ne fumez pas, vous ne buvez pas, vous parlez beaucoup, vous faites du sport, vous êtes toujours propres sur vous et tout le monde vous aime.

Vous, Lorie, vous collectionnez les peluches. Vous, Michel, c'est quasiment pareil : ce truc avec des poils à côté de vous et qui ne bouge jamais, ce serait aussi bien d'avoir une peluche, on en fait de magnifiques qui ne perdent pas leurs poils, elles, et qui ont autant d'amour dans le regard.

Question sport, bien sûr Michel sautille moins que vous. Cela dit, c'est normal, il n'est pas nécessaire de bouger tout le temps pour interviewer Jean d'Ormesson, Jeanne Moreau ou Michel Galabru. Mais question forme physique, il est top ! Et question danse, aussi. Pas tellement qu'il soit bon danseur, mais quand on l'a vu grimper le mont Ventoux en danseuse, avec ses ballerines et son tutu, on le regarde autrement !

Bref, le Président Chirac et moi-même sommes fiers de vous, Lorie et Michel, car vous êtes deux beaux exemples pour nous tous ! La seule chose qui vous différencie, c'est la longueur de la carrière. Michel a réussi à traverser les modes, les gouvernements et les années, comme personne. Je vous souhaite, bien sûr, la même chose.

Vous pourrez alors continuer à nous offrir des tubes et des best-sellers, comme Nadine de Rothschild que nous recevions sur ce divan, il y a un mois. Elle était venue nous expliquer, en long et en large, que dans la vie, il vaut mieux être riche et bien portant plutôt que pauvre et malade. Elle nous avait enseigné, une fois de plus, les bonnes manières :

– Qu'on ne doit pas se moucher dans les rideaux lorsqu'on est reçu chez un ministre.

– Qu'il est inconvenant de demander au Pape avec quelle poudre il obtient cette blancheur quand on est reçu au Vatican.

– Que lorsqu'on mange du poulet en société, on peut se sucer les doigts, mais pas le croupion.

Elle nous avait expliqué combien il était tellement plus commode d'avoir son château à soi dans le Bordelais plutôt que de remonter son casier de pinard de chez l'épicier du coin. Et aussi d'avoir sa maison en Bretagne pour les fruits de mer, sa ferme pour faire son beurre, son 650 m^2 à Paris et son chalet à Megève, plutôt que de s'emmerder à réserver une chambre dans un minable cinq étoiles chaque fois qu'on doit se déplacer.

En gros, elle nous avait dit qu'être riche coûtait beaucoup plus cher qu'être pauvre et que c'était pour cette raison qu'il y avait tellement de petits revenus, car les gens cherchent toujours ce qu'il y a de meilleur marché. La morale de l'émission, en gros, avait été que pour réussir sa vie, il était recommandé d'épouser un banquier, ou au pire, un milliardaire.

Si je rappelle ces grands principes de vie et ces belles manières devant vous, ma petite Lorie, c'est justement parce que vous nous prouvez tout le contraire : vous vivez une réussite exceptionnelle grâce à votre travail et à votre talent. Votre plus grande richesse, c'est vous-même et je ne vous souhaite qu'une chose pour compléter ce conte de fées : c'est que plutôt qu'un banquier, vous rencontriez un prince charmant qui ne verra en vous que le trésor qu'il tient dans ses bras, les perles de votre sourire et les deux diamants qui se trouvent au fond de vos yeux...

Cher
Jean-Pierre Raffarin,

Rassurez-vous, ma lettre ne concernera pas la politique française, car en tant que Belge, je ne me permettrais pas de venir m'immiscer dans vos affaires, pas plus que je ne vous laisserais dicter leur conduite à Karel De Gucht, Freya Van den Bossche ou Johan Vande Lanotte, mes ministres – ils ne savent déjà pas très bien quoi faire eux-mêmes pour qu'on vienne en plus les embrouiller. Ici, je me dois d'être neutre. Je suis très bien accueilli dans votre pays et je m'en réjouis... Seule petite ombre au tableau, les grèves de cette semaine qui ont failli me faire arriver en retard aux enregistrements. Ce serait sympa si vous pouviez arranger ça pour la semaine prochaine, car je déteste être en retard. À part ça, je n'ai aucune remarque à faire...

Les Français ne sont pas contents de votre politique de droite, mais en même temps, ils ont voté pour vous. Avant, ils n'étaient pas contents de la politique

---

1. Jean-Pierre Raffarin était Premier ministre depuis le 6 mai 2002.

de gauche, mais ils avaient voté pour eux. De là à dire que les Français ne sont jamais contents, il n'y a qu'un pas que je ne franchirai pas. Devoir de réserve oblige. J'observe, mais je n'interviens pas. Je suis une sorte de casque bleu de l'humour. Je ne tire que si l'on m'attaque.

Depuis quelques années, j'observe la France d'en haut. Quand je dis d'en haut, c'est uniquement géographique, car sur une carte punaisée au mur, la Belgique se trouve au-dessus de la France. Et donc nous, nous voyons les choses d'en haut. Sans pour autant prendre les choses de haut. Lorsque nous venons vous voir, nous descendons à Paris, quand les Provençaux ou les Basques montent à Paris, pour s'élever dans la société. Là où ça se complique, c'est pour celui qui vient du Bas-Rhin et se rend dans les Hautes-Pyrénées, il descend en même temps qu'il monte.

Essayons de mieux comprendre ce qui est en HAUT et ce qui est en BAS. C'est un peu comme chez les Shadoks, votre histoire. Lorsqu'on habite un rez-de-chaussée ou une cave, fait-on partie de la France d'en bas ? Et à partir de quel étage fait-on partie de la France d'en haut ? Un type qui vit au douzième étage d'une barre HLM à Roubaix, a-t-il réellement le sentiment de faire partie des hautes sphères de la société ? Surtout s'il n'a pas d'ascenseur ! Quoi qu'il en soit, en haut ou en bas, je voudrais avoir une pensée toute particulière pour Chantal Ladessous pour qui ça ne doit pas être simple tous les jours.
En me retrouvant face à vous, Monsieur le Premier ministre, je me dis que j'ai la chance de faire un métier formidable qui me permet de rencontrer des gens aussi différents que Johnny, Sardou, Vanessa

Paradis, Ségolène Royal, Nicolas Sarkozy ou vous-même.

La principale différence entre vous tous apparaît surtout l'après-midi, au moment des archives. Avec les chanteurs, ça remue à chaque fois des souvenirs sentimentaux. En réécoutant les chansons de leurs débuts, on se souvient d'avoir dansé son premier slow sur celle-ci, d'être tombé amoureux sur celle-là (quand je dis sur celle-là, je parle de la chanson, pas de la fille, quoique... parfois, c'était les deux).

Tandis qu'avec les politiques, les souvenirs sont d'un autre ordre. Rares sont ceux qui ont roulé leur première pelle sur un discours d'Alain Peyrefitte, ou qui ont dansé un slow langoureux lors d'une allocution de Michel Debré. À chacun ses souvenirs...

Et pourtant, cela pourrait devenir possible ! Michel et moi avons imaginé une reconversion qui pourrait booster votre popularité auprès des jeunes. Tout le monde connaît votre admiration pour Johnny et sait que vous poussez volontiers la chansonnette. Beaucoup de vos collègues ont de véritables dons pour la musique et ce serait l'occasion de les rassembler au sein d'une même formation, musicale celle-là : vous au chant, Robert Hue à la guitare. Vous porteriez tous les deux un T-shirt avec écrit « PC », lui pour le parti communiste, vous pour le Poitou-Charentes. Bayrou et Jospin dans les chœurs, Ségolène et DSK au piano pour un quatre mains, Giscard à l'accordéon et on mettrait Pasqua au violon ! « Et ce ne serait pas trop tôt ! » diront certains.

Quel tabac, vous feriez ! Vous sillonneriez la France de haut en bas et de droite à gauche ! Il faudrait juste trouver un nom pour le groupe :

Raff et ses Collégiens,
Jean-Pierre et les Raffinés
ou mieux : *Juan-Pedro et les Raffarinos* !

Bref, vous seriez le chef d'orchestre et ce ne serait qu'un juste retour des choses pour vous qui, à vos débuts, aviez établi avec les boulangers la charte de qualité de la baguette !

Chère Brigitte Bardot,

Si tout le monde faisait comme moi, les facteurs n'auraient pas plus de travail et les routes seraient bien encombrées. Pour vous apporter cette lettre, j'ai pris un train, puis un autre, puis un avion, puis une automobile, là où un timbre à cinquante centimes aurait suffi. Mais ça n'aurait pas été la même chose ! Je tenais absolument à vous la lire de vive voix, celle-ci ! Je dis celle-ci, car toutes les autres que je vous ai envoyées sont restées lettres mortes. Vous n'y avez jamais répondu. Mais les avez-vous jamais reçues ? J'avais 12 ans et je vous écrivais des missives enflammées. Si mes souvenirs sont bons, je dois vous avoir demandée en mariage une demi-douzaine de fois. J'avais 12 ans, vous un peu plus, mais pour moi, cette différence ne constituait pas un obstacle. Pour vous, visiblement oui. C'était votre choix et je l'ai respecté. Et puis à l'époque, je n'avais sans doute pas tous les arguments que déployaient mes rivaux pour vous séduire. Je vous attendais à la sortie des cinémas, persuadé qu'une dizaine de minutes après la fin du film, vous alliez apparaître du côté de la sortie des artistes et que je pourrais enfin vous parler. Vous voyez, j'étais un peu innocent à l'époque ! Je ne me rendais pas compte que vous ne pouviez pas sortir du cinéma au beau milieu de l'après-midi puisque vous deviez jouer les séances suivantes et que vous aviez juste le temps de l'entracte pour vous recoiffer et fumer une cigarette.

Alors, j'ai pris mon mal en patience en punaisant des photos de vous partout dans ma chambre. Certes, à l'époque, j'aurais pu jeter mon dévolu sur d'autres jolies actrices, comme Claudia Cardinale, Anna Karina, Gina Lollobrigida ou Catherine Deneuve qui ne seraient sans doute pas restées insensibles à mon regard de braise, mais c'est vous que je voulais et personne d'autre ! Eh bien, ça a été personne d'autre.

Je n'avais pas non plus d'hélicoptère, comme Gunther Sachs, pour venir déverser dans votre jardin des milliers de roses. Faut dire qu'il avait fait fort ce jour-là, le père Gunther. Ça a donné des idées à beaucoup de monde. Moi-même, quelques années plus tard, pour séduire une fille, j'ai voulu faire la même chose. J'ai loué un hélico (ça m'a d'ailleurs coûté tellement cher qu'il n'y avait plus de sous que pour une demi-douzaine de roses) et ça s'est très mal passé, car en fait, je n'ai réussi qu'à assommer ma promise qui a reçu le vase sur la tête tandis que les fleurs, emportées par le tourbillon des pales, se sont retrouvées dans tous les jardins alentour, sauf dans le sien. Sa famille m'en a beaucoup voulu, car la pauvre a fait trois mois d'hôpital et en est sortie un peu changée. Depuis ce jour, elle porte 24 h sur 24 un casque de moto par crainte de recevoir un nouvel objet sur le crâne.

Bref, vous l'aurez compris, chère B.B., je me suis progressivement découragé. Les années passant, j'ai fini par me rendre à l'évidence : nous n'étions peut-être pas faits l'un pour l'autre. Enfin, c'est moi qui visiblement n'étais pas fait pour vous, parce que vous, vous étiez très bien faite pour moi. C'est alors (comme vous le ferez vous-même plus tard) que je me suis tourné vers les animaux et plus particulièrement vers les chats, à qui je me mis à consacrer ma vie. L'un d'entre eux avait attiré mon attention, tant il disait des choses amusantes. Je me mis en devoir de consigner ses pensées les plus intéressantes dans des livres, tel saint François d'Assise dialoguant avec les oiseaux.

Je sais que vous, Brigitte, avez aussi un côté saint François. D'abord parce que vous êtes assise, mais aussi et surtout parce que vous êtes devenue l'avocate de tout ce qui a des poils ou des plumes, la pasionaria de la faune, le ténor du barreau des cages que vous voulez ouvrir.

Que l'on touche aux chats et vous sortez vos griffes. Que l'on maltraite un chien, vous aboyez, qu'on en mange, vous mordez.

Le commerce des fauves vous fait rugir.

Vous attaquez, bec et ongles, les chasseurs d'oiseaux. L'abattage des vaches vous fait ruminer des vengeances.

Vous chargez les amateurs de corrida et vous n'hésitez pas à vous jeter à l'eau pour défendre les poissons.

Pour vous, l'être humain est sans conteste le plus grand prédateur de la planète, et le mal qu'il fait autour de lui n'a souvent d'autre justification que le profit. N'oubliez cependant pas, dans vos croisades pour les êtres sans défense, que des millions d'êtres humains sur cette planète ne sont pas mieux lotis que les sardines et les palombes que vous défendez.

Je ne vous apprendrai rien en vous disant que si l'homme est bien une teigne pour le monde animal, l'homme est avant tout un loup pour l'homme. Mais au fond, pourquoi accabler les loups (voilà bien une brave bête qui n'a jamais rien demandé à personne) ? Pardonnez-moi, je rectifie : l'homme est un homme pour l'homme, et ça, c'était la pire chose qui pouvait lui arriver...

Cher
Michel Drucker,

Ça faisait tellement longtemps que j'avais envie de vous recevoir dans mon émission ! Mais vous êtes un homme très occupé et ce n'est pas facile de vous faire venir le dimanche, car en général, ce jour-là, vous êtes vous-même retenu sur le plateau de votre propre émission. Et ça fait pas mal de temps que ça dure puisque vous fêtez aujourd'hui vos trois cents ans de télévision. Décidément, 2006 sera l'année des commémorations : au bicentenaire et demi de Mozart vient s'ajouter le tricentenaire de Michel Drucker qui apparut donc sur les petits écrans le 5 mars 1706. Attendez ! Ce n'est pas possible !!! On me signale à l'instant qu'il y a une petite erreur : il ne s'agit pas du tricentenaire, mais de la 300e !!! Mille excuses ! Trois cent mille excuses ! Mais c'est déjà pas mal ! *La 300e* de Drucker, ça a autrement de la gueule que la 9e de Beethoven ! Et ça en fait, si mes calculs sont bons, 291 de plus. Alors, je ne vois pas pourquoi les Allemands la ramènent tant avec leur grand compositeur sourd. C'est vrai, quoi ! Est-ce que nous sommes si fiers de nos peintres aveugles ou de nos violonistes sans doigts ? Non, n'est-ce pas ! Alors, un peu de décence, que diable !

L'Allemagne a Beethoven et le berger allemand. La France a Drucker et Olga. Discrète et pourtant tellement présente aux côtés de son grand homme. Belle comme une œuvre du maître de la peinture vénitienne, Le Titien (1488-1576), je veux parler du Titien à sa mémère, bien sûr. Olga, affectueusement surnommée la Première Chienne de France télévision, est la première confidente de Michel, sa principale conseillère aussi. C'est elle qui, dans l'ombre, s'occupe de tout : elle soutient la Fondation Hôpitaux Vétérinaires de Paris-Hôpitaux Vétérinaires de France, elle parraine l'opération *Croquettes jaunes* avec le chien de David Douillet... Michel ne prend aucune décision sans lui avoir demandé : « Tu crois que c'est une bonne idée, Olga ? » Et si elle remue la queue, il dira : « Oui ». Bon, il faut le reconnaître, c'est surtout vrai lorsqu'il lui demande si c'est une bonne idée d'aller faire une promenade. Mais au fil du temps, ils se sont mis à se ressembler, comme les vieux couples.

Observez Michel et vous verrez comme il a le regard amical (on a l'impression qu'il comprend tout ce qu'on dit), comme il a la truffe fraîche et humide, comme il donne gentiment la patte quand on le reconnaît dans la rue et comme il dort paisiblement pendant que les invités répondent à ses questions. La différence fondamentale entre eux, c'est que lui ne perd pas ses poils. Ce qui, pour nous, ses collaborateurs, est une bénédiction, car il est tellement affectueux qu'il nous en mettrait partout.

Et puisque nous venons d'évoquer celle qui œuvre dans l'ombre à ses côtés, profitons-en pour rendre hommage à tous ceux qu'on ne voit jamais, ces galériens qui souquent ferme toute la semaine et permettent au navire *Vivement Dimanche* de voguer sur l'océan du succès. À son bord, productrice, assistants, réalisateurs, monteur, cadreurs, scriptes, preneurs de son, chorégraphes, techniciens, décorateurs, maquilleuses, coiffeuses, habilleuses, régisseurs, secrétaires, vigiles, standardistes... Sans oublier les comptables qui comptent si bien que sans elles, nous ne saurions même pas qu'il y en a eu trois cents. N'oublions pas non plus de remercier le public, présent en studio, de venir nous soutenir chaque dimanche. Quoique, eux, je les soupçonne d'être plus intéressés par l'assiette que Michel leur sert en milieu d'émission que par nos propos. N'omettons pas de rendre grâce aux millions de téléspectateurs fidèles : ils sont plus de 6 millions chaque dimanche, depuis trois cents émissions. Faites le compte : ça veut dire que depuis le début, près de deux milliards de téléspectateurs nous ont suivis. Ce qui est énorme pour un pays de 60 millions d'habitants.

Je voudrais aussi avoir une pensée pour ceux qui ont participé à cette émission au fil des ans : Bruno Masure et Gérard Miller, Nathalie Corré et Pierre Bénichou, tous victimes du contrat première embauche.
Michel, à travers sa carrière, a toujours donné leur chance à des petits jeunes... Comme à ce jeune marmiton qu'il a recueilli il y a trois ans. Il lui a tout appris en cuisine, et depuis, chaque dimanche, Jean-Pierre Coffe enchante nos grands-pères, euh... je veux dire nos papys ou plus exactement nos papilles, et nous parle comme personne des produits, des terroirs, des traditions. DE LA QUALITÉ, QUOI !

Et enfin, il y a la révélation : notre petit Nicolas à nous, l'inimitable imitateur. Il est malin et doué. Doué, parce que quand je vois le vrai Villepin, le vrai Barthez ou le vrai Massimo Gargia à la télé, je suis un peu déçu parce que je trouve qu'ils sont moins justes que quand c'est Canteloup qui les fait. Et malin, parce qu'il a compris que c'est en se coiffant comme Jean-Pierre Coffe qu'il se ferait engager. Et ça a marché ! Michel souffre de cet étrange mal qui consiste à vouloir s'entourer de chauves. Je crois qu'il s'agit d'un cas unique dans l'histoire de la télé.

Voilà, j'espère n'avoir oublié personne... Ah si ! Il y a encore votre travailleur immigré, Michel. Celui dont tout le monde se méfie depuis quelques jours, depuis qu'on a appris que la grippe aviaire pouvait se transmettre aux chats. Alors lui, il n'a qu'à se bien tenir avec sa bestiole, et la seule chose que j'ai envie de lui dire ce soir, c'est la célèbre réplique d'Alain Delon : « Oh ! Toi le Belge, ta gueule ! »

Chère
Alexandra Lamy,

J'étais hier soir au théâtre Édouard VI, où vous jouez en ce moment. Je sais, vous allez me dire que vous jouez au théâtre Édouard VII, mais le dernier néon de l'enseigne lumineuse avait sauté, rebaptisant du même coup le théâtre du nom du fils d'Henri VIII au lieu de celui de Victoria. J'entendis à côté de moi un couple de Belges dire : « On a dû se tromper, ce n'est pas le Édouard VII. Regarde, c'est le Édouard VI ! Nous devons reprendre un taxi. Dépêche-toi ! Il est déjà 9 heures moins le quart. Quelle idée quand même de mettre un théâtre Édouard VI, place Édouard VII ! Ça, c'est bien les Français ! » Et ils sont repartis dans la nuit…

Je voudrais m'arrêter un instant sur cette anecdote : j'ai, bien entendu, choisi la nationalité de ce couple pour vous faire rire. Mais ce rire est-il un rire de qualité ? Posons-nous la question. Si je vous avais dit

---

1. Alexandra Lamy jouait, au théâtre Édouard VII, *Deux sur une balançoire* de William Gibson, avec son compagnon Jean Dujardin.

que ce couple était africain en les faisant parler petit nègre, vous m'auriez sans doute traité de raciste. Si j'en avais fait deux homosexuels, je ne sais quelle ligue gay m'aurait collé un procès au cul. Et si cette dame et ce monsieur avaient été arabes, on m'aurait dit :

« Écoute, vieux, avec ce qui se passe en banlieue, ce n'est vraiment pas le moment ! » Et je me serais bien gardé de vous dire qu'il s'agissait en réalité de deux blondes, par respect pour vous, chère Alexandra.

Je me suis donc résolu à en faire des Belges puisque jusqu'à présent, on peut encore donner à mes compatriotes le rôle du con dans les histoires drôles sans que cela ne déclenche de scènes de violence à Bruxelles. Si à chaque histoire belge racontée à la télévision française, mon peuple était descendu dans la rue pour incendier des portraits de Jacques Chirac et brûler le drapeau tricolore, on n'aurait plus fait que ça depuis trente ans ! Mais ça peut encore venir. N'oubliez pas qu'il y a à travers le monde une communauté de 0,01 milliard de Belges et que le jour où ils se mettront en colère, ça risque de faire très mal. Mais remettons les choses à leur juste place au moment où l'Afrique, l'Arabie, la communauté gay, les blondes et la Belgique sont à deux doigts de l'embrasement suite à mon histoire, car il s'agit au départ d'une chose insignifiante : un néon à remplacer sur la façade du théâtre Édouard VII.

Et revenons-y justement, car j'y étais hier soir, comme je vous le disais avant de digresser. Nous vous avons admirée pendant deux heures, chère Alexandra, aux côtés de votre partenaire (dont le nom m'échappe) et vous nous avez enchantés. Nous vous savions bonne comédienne, mais nous avons découvert une grande actrice. Vous êtes bluffante, drôle, émouvante, et je ne vous dirai qu'un mot : chapeau ! J'ajouterai, si vous le permettez : casquette ! Et je dirais même : béret, sombrero, bob, haut-de-forme, casque, hennin, mitre, calotte, turban, melon, fez, galure, canotier, panama, capuche, chéchia, foulard, Stetson, toque, chapka, serre-tête, Borsalino, diadème, couronne, tiare... En un mot : couvre-chef ! D'ailleurs, vous avez dû vous en rendre compte lors des saluts : il y avait quelqu'un qui applaudissait encore plus que les autres. C'était moi.

Transmettez également toutes mes félicitations au comédien qui vous donne la réplique, il est parfait. Vous nous rappellerez son nom tout à l'heure. Il a beaucoup de chance de partager l'affiche avec vous et, m'a-t-on dit, la vie avec une actrice merveilleuse qui, non contente d'être belle et émouvante, arrive à être drôlissime avec une grâce et une justesse que seules ont atteint, selon moi, Diane Keaton et Marilyn Monroe. Et je le dis comme je le pense !

216

Monsieur,

Je préfère vous le dire tout de suite : je n'aime pas les chanteurs. Surtout lorsqu'ils ont du succès. Et encore moins lorsqu'ils font se pâmer le public féminin. En connaissez-vous, vous, des dessinateurs à minettes ? Pouvez-vous me citer un seul caricaturiste dont l'apparition dans une assemblée fait tomber en syncope les plus jolies femmes qui la composent ? Y a-t-il un seul illustrateur au monde à qui des créatures de rêve n'ont de cesse de lui arracher un lambeau de chemise, imprégnée de sa sueur ? Voilà ce que je vous reproche, monsieur : d'être le miroir dans lequel je ne suis que Quasimodo. Déjà, dans les boums de notre jeunesse, vous emballiez sec, en regardant nos copines jusqu'au fond du slip, leur susurrant des slows langoureux en tripotant les boutons de vos guitares électriques. Tandis que nous faisions tapisserie et grise mine en grattant ceux de nos visages acnéiques.

Et rien n'a changé depuis, car les belles qui vous écoutent ronronnent et roulent les yeux en faisant des « Aaaaaahrrgl » énamourés, là où le dessinateur

humoristique, lui, ne peut espérer, au mieux, qu'un
« Ha, ha, ha… » ou un « Hi, hi, hi… », quand ce n'est
pas un « Qu'est-ce qu'il est con celui-là ! » Vous les
accompagnez partout où elles sont :

— Elles vous sifflotent sous la douche en friction-
nant au gel parfumé les plus tendres recoins de leur
corps parfait qui frémit sous les gouttelettes brûlan-
tes giclant du pommeau…

— Elles vous chantonnent chaque jour au volant de
leur petite voiture, en tripotant machinalement le
levier de vitesse et n'hésitent pas à faire un tour de
bloc supplémentaire lorsque la chanson n'est pas
finie…

— Elles vous emmènent en vacances dans leur bala-
deur, et vous murmurent comme un soupir, mollement allongées sur des plages de sable fin, offertes à
la brise tiède et à l'astre solaire qui darde ses rayons
sur leur peau douce légèrement moite…

Tandis que les dessinateurs humoristiques, savez-
vous où on les lit, monsieur ? Aux chiottes ! Voilà
leur place ! Alors, vous comprendrez, cher Pascal
Obispo, quel pourrait être mon ressentiment envers
vous ! Eh bien, figurez-vous qu'il n'en est rien. Au
contraire !

Je ne suis qu'admiration pour votre talent, émer-
veillement devant l'abondance et la qualité de vos
créations, et respect pour vos engagements humani-
taires. Oui, Pascal Obispo, je le dis sans mollir, si
vous n'êtes qu'un chanteur à minettes, alors, je le
proclame, je suis une minette ! Car, comme mes
consœurs, je vous écoute sous la douche, dans ma
bagnole et sur la plage. N'en déplaise aux gros bras
qui n'entendent que Vivaldi, Mozart et Schubert. Je
l'affirme : je suis obispien. La vie est trop brève pour
se laisser envahir par les fâcheux. La vie est si courte

qu'il faut la vivre comme si on allait mourir demain. Mais au fond, si on m'apprenait qu'il ne me reste que cinq minutes à vivre, quelle serait ma réaction ?

– Je me dirais que, au fond, c'est mieux que rien ?
– J'attendrais 4 minutes et 59 secondes et je me suiciderais ?
– J'écrirais un poème intitulé *Mon dernier poème* ?
– J'irais acheter un cercueil et je partirais sans payer ?
– Je dirais : « Ça m'étonnerait que le vaccin contre la mort soit commercialisé dans ce laps de temps ? »
– Je peindrais un tableau. Ce serait un autoportrait et je l'intitulerais *Portrait de l'artiste vers la fin de sa vie* ?
– Je me ferais cuire un œuf à la coque, en sachant qu'il ne me restera que 1' 30" pour le manger... ?
– Je passerais à l'heure d'hiver ?
– J'attendrais 4' 55" et je pousserais un immense soupir en me disant qu'il s'agit de l'avant-dernier ?
– Je me dirais : « Tiens, je n'ai même plus le temps d'écouter *Hey Jude* en entier » ?
Mais non, rien de tout cela, bien sûr ! S'il ne me restait que quelques minutes à vivre, je vous dirais simplement comme j'ai été heureux de faire votre connaissance et de vous accueillir sur ce plateau. Comme je suis triste de ne pas vous accompagner jusqu'au journal de 20 heures, mais Michel fera ça magnifiquement, j'en suis sûr. Pour ne pas perdre de temps, n'évacuez le corps qu'après l'émission, et dites à ma famille que mes dernières pensées ont été pour elle...
Adieu, mes amis !

Cher Christian Chesnot et cher Georges Malbrunot,

Pardonnez-moi de vous écrire si tard, mais je n'avais pas votre adresse en Irak, et je sais depuis que vous en avez changé plusieurs fois, donc, j'ai bien fait d'attendre.

Je voulais commencer cette lettre en vous disant « Merci ». Merci d'être là, sains et saufs, merci d'avoir été les otages courageux de notre droit de savoir. Merci d'avoir risqué votre vie pour nous informer. Mais de nous informer de quoi ? De ce que les hommes sont des fous dangereux ? Pour être francs, nous nous en doutions un peu. La question qui nous taraude est sans doute celle que l'on vous pose le plus souvent : Faut-il prendre des risques de cette ampleur, au seul motif de notre droit à comprendre ? Vous seuls êtes habilités à y répondre. Vous seuls savez si votre désir d'informer est plus grand encore

---

1. Le 21 décembre 2004 les journalistes-otages Christian Chesnot et Georges Malbrunot sont libérés après 124 jours de détention.

que notre envie de savoir. Le journaliste est-il un soldat de la vérité, au risque de devenir le jouet des manipulateurs ? Votre détention de 124 jours a-t-elle servi à quelque chose ? Sinon à nous ouvrir les yeux sur la formidable liberté dont nous jouissons ici, sans toujours nous en rendre compte, sans parfois même la mériter. Dans certains pays, la liberté a un prix. Sommes-nous prêts à le payer, ou plutôt à vous le faire payer en notre nom ? Nos grands médias doivent-ils continuer à dépêcher des journalistes dans les zones troublées de la planète, au péril de leur vie, alors qu'ici, nous semblons davantage passionnés (si j'en juge par les scores d'audience) par *La Ferme célébrités* ? Dans les deux cas, il y a des otages. Et dans les deux histoires, il y a une ferme (vous nous le racontez dans vos *Mémoires d'otages*, l'un de vos lieux de détention était surnommé « La ferme »).

Mais dans celle qui nous occupe, la vraie, il se passe des choses autrement plus terrifiantes que dans la vôtre. D'abord, il y a beaucoup plus d'otages. Ensuite, les ravisseurs sont sensiblement plus perfides et inquiétants que les vôtres. Nul ne connaît leurs visages, ils sont prêts à tout et leur organisation porte un nom qui fait frissonner : Endemol.

Tandis que des dizaines de milliers de personnes se rassemblent, défilent ou pétitionnent en soutien aux otages d'Irak, personne chez les intellectuels ne lève le petit doigt pour voler au secours des quatorze malheureuses victimes d'Endemoladen. Les grands journaux restent muets, seuls les hebdos télé publient leurs photos, et courageusement il faut le reconnaître, TF1 rend compte quotidiennement de leurs souffrances. Ni le Quai d'Orsay ni le gouvernement ne pipent mot. Quant au Président, d'ordinaire si preste à intervenir à la télévision, il reste muet sur le sujet.

Mais revenons à nos otages du Vaucluse. Encore une fois, seul Didier Julia aurait proposé de s'envoler pour Visan où il prétend être en relation avec un réseau d'agriculteurs bio. Mais comme toujours, c'est la pression populaire qui risque d'être décisive puisque hier soir, le peuple de France (labellisée « Patrie des droits de l'homme ») a obtenu la libération de l'un d'eux, en passant des milliers de coups de téléphone. C'est un premier pas encourageant, mais l'avenir reste sombre car les motivations des ravisseurs sont sordides et bassement matérielles. Et si dans le cas des enlèvements de journalistes en Irak, les revendications sont le plus souvent faites au nom d'un Dieu qui s'appelle Allah, les détentions de *La Ferme célébrités* s'opèrent au nom d'un autre qui s'appelle Pognon. Et je ne sais pas ce qui est le plus effrayant.

Pardonnez-moi, cher Georges et cher Christian, de plaisanter avec un sujet aussi grave, mais au-delà de la boutade, se pose la véritable question de l'information spectacle. La guerre sur CNN oscille entre le film hollywoodien et le jeu vidéo. Les deux guerres d'Irak et celle d'Afghanistan ont fait la démonstration du monopole américain sur l'information. Et ceux qui comme vous veulent informer librement, doivent se battre à la fois contre les ennemis de l'information et contre ceux de la liberté encadrée.
Il en faut du courage pour continuer à y croire au point d'y risquer sa vie. Ce courage, vous l'avez eu. L'aurez-vous encore dans l'avenir ? Vous répondez à cette question dans les dernières lignes de votre livre,

lorsque vous écrivez : « Bien sûr, nous restons d'inconditionnels journalistes passionnés. Mais nous savons aussi que rien ne vaut la vie, et que l'amour de ceux que l'on aime en constitue l'une des valeurs sacrées. »

C'est ce que doivent se dire chaque soir Florence Aubenas et Hussein Hanoun, depuis exactement quatre mois. Qu'ils sachent que nous pensons à eux chaque jour que Dieu fait. Et puisque nous en parlons, oserais-je Lui adresser une requête s'Il nous regarde ? Tant qu'à faire des jours, s'Il pouvait leur faire un jour de libération un de ces quatre, Il en serait infiniment remercié.

Cher Orlando,

Récemment, je faisais visiter Paris à mes petits neveux, âgés de 5, 8 et 10 ans. Leur excitation et leur curiosité faisaient plaisir à voir :

— C'est quoi, ça ?

— Ça, c'est la tour Eiffel.

— Pourquoi elle s'appelle Eiffel ?

— Parce qu'elle a été construite par l'ingénieur Eiffel.

— Et là, c'est quoi ?

— Ça, c'est le Studio Gabriel.

— Il a été construit par l'ingénieur Gabriel ?

— Ah, non ! Par Michel Drucker.

— Et toutes les crottes de chien sur les trottoirs, c'est Olga qui les a faites ?

— Sûrement pas ! Il y a beaucoup d'autres chiens dans Paris, et Olga est très propre !

— Et la grande porte là-bas, c'est quoi ?

— Ça, c'est l'Élysée. C'est la maison du président de la République...

— C'est pour qu'il ne s'échappe pas qu'on a mis des grilles tout autour ?

Bref, j'essayais tant bien que mal de répondre aux questions de Riri, Fifi et Loulou, leur expliquant que Victor Hugo n'avait jamais habité avenue Victor Hugo, que La Madeleine n'avait rien à voir avec la chanson de Jacques Brel, et qu'il n'y avait bizarrement aucun marchand de poissons boulevard Poissonnière, lorsque nos pas nous menèrent sur la butte Montmartre, place Dalida...

La question ne se fit pas attendre :

— C'est qui, Dalida ?

Et je me mis en devoir de leur expliquer, mais c'est lorsqu'ils demandèrent :

— C'est qui, Bruno Coquatrix ?

— C'est qui Eddie Barclay ?

— C'est qui Lucien Morisse ?

... que je me rendis compte que le monde avait changé !

Quand j'avais leur âge, la télé était en noir et blanc et tout le monde ne l'avait pas à la maison. On s'arrêtait dans la rue, devant les vitrines des magasins d'électroménager, pour regarder Khrouchtchev frapper son bureau avec sa chaussure. Les autobus avaient des plates-formes et les filles avaient des chignons. Les flics avaient encore des pèlerines et déjà des matraques. Lorsqu'on voulait avoir le téléphone, il fallait attendre deux ans pour qu'ils viennent l'installer ; ceux qui avaient des relations arrivaient à l'obtenir en un an et demi.

On payait tout en anciens francs, mais on ne savait pas qu'ils étaient anciens puisqu'il n'y avait pas encore les nouveaux. Quand on avait été sage pendant une semaine, on recevait un bonbon et on avait le droit de boire un Coca-Cola avec une paille, une fois de temps en temps, dans les grandes occasions.

Les préservatifs s'appelaient des capotes anglaises et la cigarette ne donnait pas encore le cancer. Chaque appartement n'avait pas ses toilettes et on faisait « pot commun » avec les voisins, si j'ose m'exprimer ainsi. Dans les rues, il y avait plein de places pour se garer, mais on n'avait pas de voiture. À Noël, on recevait une orange et des fois un *Tintin*, les années fastes. Le président s'appelait Coty et le pape Pie XII. En hiver, le matin, on avait froid et notre maman nous habillait devant le four allumé de la cuisinière au gaz. Le jour de la paie, Papa ramenait à la maison un disque qu'il avait acheté et Maman lui faisait les gros yeux en disant qu'il avait fait des folies. Et toute la famille se réunissait autour du Teppaz pour l'écouter...

Et c'est là que Dalida est entrée dans notre vie, avec *Bambino*. Bien sûr, on l'avait entendue à la radio, on avait vu des photos dans *Jours de France*, mais là, avec le 45 tours, elle était carrément chez nous ! Et on l'avait passé en boucle, et on s'était mis à danser et à chanter à tue-tête avec elle. Jusqu'à ce que le voisin du dessous vienne nous engueuler parce qu'on faisait trop de bruit. Et que ça allait bien comme ça ! Et qu'avec les Belges, c'était toujours pareil ! Qu'on était des sauvages. Et que si on n'était pas contents, c'était le même prix ! Et il a dit à mon papa, droit dans les yeux : « La France, soit tu l'aimes, soit tu la quittes ! » Alors, on a remis *Bambino* en sourdine, parce qu'on aimait aussi la France de cette chanteuse italo-égyptienne qui ensoleillait nos jours frileux de la fin des années cinquante.

Ensuite, chaque fois que Papa a empoché sa paie, il nous a ramené un nouveau Dalida : *Come prima*,

Gondolier, Itsi bitsi, Petit Gonzalez... Et ça ne s'est jamais arrêté. La belle Égyptienne, au succès pharaonique, a vogué sur nos cœurs, dans sa felouque fendant les flots de toutes les vagues musicales...

Moi, avec le temps, j'ai grandi.
Jusqu'au jour où je suis devenu majeur.
C'était en 70 :
Je venais d'avoir 18 ans,
J'étais beau comme un enfant,
Fort comme un homme,
J'ai mis de l'ordre à mes cheveux...
Et lorsque j'ai touché ma première paie, je suis allé m'acheter *Gigi l'Amoroso*, perpétuant ainsi la tradition familiale.

Et si cette tradition s'est prolongée jusqu'à aujourd'hui, c'est grâce à vous, cher Orlando, qui en fidèle gardien du temple entretenez la flamme qui brûle en chacun de nous.

Alors mes neveux m'ont scié les côtes pour que j'aille leur acheter leur premier Dalida. Et je leur ai dit, à la manière de l'autre énervé :
— Je vais vous dire un truc, mes enfants. Dalida, tu l'aimes ou tu l'aimes pas. Mais si tu l'aimes, elle ne te quittera jamais.

Cher
Carlos,

Quel plaisir de vous accueillir sur ce divan, vous l'un des poids lourds de la rigolade. Bon ! Autant vous le dire tout de suite : je n'y suis pas arrivé. En rédigeant ma lettre, je m'étais dit que je devais faire gaffe à ne pas déraper. Et ça n'a pas été possible. Vous n'imaginez pas comme il est difficile de s'adresser à quelqu'un de votre corpulence en restant fin et léger... Et voilà, vous voyez ! Désolé ! Je voulais dire... sans en faire des tonnes. Ça, c'est comme quand on parle à un aveugle, en général, on n'arrête pas de lui dire : « Vous voyez ce que je veux dire », « Il faudra que je vous montre ceci ou ça », « Au risque de me faire mal voir », ou « Qu'est-ce que vous aimez regarder à la télé ? » Lorsqu'on s'adresse à un bègue, on s'échine à éviter les mots à consonance double : bonbons, pépère, papa, kiki, plan plan, tonton, nana, boubou, Tintin... et on n'y arrive pas. C'est un piège. On est tellement stressés par l'éventualité d'une maladresse qu'on n'arrête pas d'en commettre. D'ailleurs moi, c'est bien simple : je ne parle plus aux

aveugles et je ne converse qu'avec les bègues man-
chots, car au moins, s'ils se vexent, ils ne peuvent pas
me coller leur poing sur la figure. Quoiqu'il y en ait
un, récemment, qui a tenté de me mettre un coup de
bou... boule.

Mais revenons à vous, cher Carlos. Si vous saviez
combien de fois je l'ai commencée cette lettre, combien de fois je l'ai déchirée. Je voulais vous faire un
compliment en vous disant que vous étiez incontour-
nable, mais je me suis dit que ça aussi pouvait être
mal pris. Que vous n'aviez jamais connu de bide,
c'est pareil... C'est ce qu'on appelle des lapsi. Tout ça
pour vous dire que, en gros (désolé), j'ai envie de
vous dire plein de choses et que je vous demande pardon à l'avance s'il m'arrive de déraper. Je vous trouve
FORMIDABLE ! Et ça, je l'ai écrit en gras !

Vous qui aimez la pêche au gros, vous êtes surtout
un gros qui a la pêche ! Et justement, puisque vous
me parlez de pêche, avez-vous vu le dessin animé
Nemo ? L'histoire si triste de ce petit poisson-clown
qui est séparé de son papa. En sortant du cinéma,
on n'a pas très envie d'aller manger des sushis. Et au
restaurant, je n'ai pas su quoi commander, car ayant
revu *La Vache et le Prisonnier*, je n'ai pas eu le cœur
de mastiquer du steak. Le maître d'hôtel m'a proposé
du faon, mais je n'aurais pas pu en avaler ! Depuis
que j'ai vu *Bambi*, ça ne passe plus. Ils m'ont présenté
des fruits de mer, mais quand on a aimé *Huître et
demi* de Fellini avec Jack Lemon, on ne les regarde
plus de la même manière. Alors, que manger ? Même
le pain ne passait pas, je repensais à Miche, *La
Femme du boulanger*. Et surtout pas avec du beurre,
depuis *Le Dernier Tango à Paris*. Alors, j'ai quitté le

restaurant et je suis rentré chez moi, dans ma petite maison dans la prairie. Là, j'ai relu un ouvrage de Françoise Dolto, puis un de vos recueils de blagues et je me suis dit, au fond, c'est dingue :
– Cette dame a écrit 47 livres et son fils en pèse 230.
– Elle pratiquait des séances d'analyse individuelle et, sur scène, son fils fait de la psychiatrie de groupe.
– Elle soignait des enfants et lui les fait rigoler.

Carlos est donc bien le fils de la grande Françoise Dolto. Mais vous n'êtes pas le seul dans ce cas. Le grand public l'ignore souvent : la maman de Vincent Lagaf'n'était autre que Françoise Giroud et celle d'Évelyne Thomas, Simone de Beauvoir. Quant à Bernard-Henri Lévy, il est le deuxième fils de Fernandel. Quand on sait ça, on comprend mieux tout le reste.

En tout cas, moi, il y a une chose que j'ai comprise en préparant l'émission et en interrogeant vos amis : c'est que vous donnez du bonheur à ceux qui en manquent et que si je me suis permis tout à l'heure d'ironiser sur votre imposant gabarit, c'est parce que je sais qu'à l'intérieur bat un cœur encore plus gros que ce qui se voit à l'extérieur.

Cher
Jean-François Copé,

J'ai lu votre livre et vous m'avez convaincu. Je vais faire comme vous, je vais arrêter la langue de bois. C'est décidé, désormais je dirai tout. Parce que si on y réfléchit un peu, vous et moi, on est pareils : on travaille pour un patron dont on est chargé de communiquer les grandes idées. Vous, c'est Chirac, moi, c'est Drucker. Comme disait l'autre, à chacun son fardeau.

Sachez que certaines fois, lorsque je vous aperçois devant les caméras en train d'essayer de nous expliquer que telle mesure ou décision d'un collègue de la majorité est une chance pour le pays, alors que vous n'en pensez pas un traître mot, je salue la performance de l'acteur. Et je me dis que si certains de nos comédiens avaient le quart de votre talent, ils n'auraient pas assez de cheminées pour y poser les

---

1. Jean-François Copé était porte-parole du gouvernement et ministre du Budget. Il venait de publier *Promis, j'arrête la langue de bois.*

molières qu'ils remporteraient. Car l'art de la langue de bois réside autant dans ce qui est dit que dans la façon de le dire.

Et nous l'avons tous pratiquée à un moment ou un autre de notre vie. En disant à une jeune maman : « Mais quel joli bébé ! » d'un bambin qui a une vraie tête de lard, ou à votre fils de quatre ans qui vous apporte une feuille maculée d'une espèce de tache informe :

« Oh ! Qu'il est joli ton dessin, mon bonhomme ! On reconnaît bien maman ! Ah non ! C'est Poum le chien ? Oh oui, je le reconnais aussi ! Bravo mon chéri ! »

Mais il faut reconnaître, cher Jean-François, que nous sommes le plus souvent confrontés, vous et moi, à des problématiques bien plus sérieuses que ces considérations familiales. Et pour avancer sur le sujet, je voudrais vous annoncer la publication d'un guide de conversation dédié à cette langue énigmatique. On y trouve la traduction en français des phrases récurrentes du langage politique. Cet ouvrage est signé par deux des plus grands interprètes ébénistes du moment – l'interprète ébéniste, comme nous l'a si justement rappelé Marc Moulin, traduit la langue de bois en langage clair. Voici quelques exemples.

Lorsqu'un ministre déclare :
— L'État français a une attitude tout à fait exemplaire puisqu'il a été le seul à faire autant pour rendre l'ex-Clemenceau propre avant son démantèlement.
Cela signifie en réalité :
— Cette poubelle flottante nous fait bien chier. Si les autres cons d'écologistes avaient fermé leur gueule,

on n'en serait pas là. Au fond, on aurait mieux fait de le couler et on n'en parlerait plus !

Lorsque le porte-parole du gouvernement dit :
— Les négociations avec les partenaires sociaux se sont déroulées dans un climat de dialogue et nous ne désespérons pas d'arriver à un accord dans un délai raisonnable.
Il faut comprendre :
— On n'est pas sortis de l'auberge avec ces emmerdeurs ! Mais qu'est-ce qu'on a fait au bon Dieu pour tomber sur des casse-couilles pareils ?

Lorsqu'un candidat en campagne professe :
— Il faut lutter contre le financement occulte des campagnes électorales !
La traduction en français correct est :
— Il faut lutter contre le financement occulte des campagnes électorales... de mes adversaires.

Mais rassurez-vous, cher JF, dans mon métier, c'est pareil. Et depuis sept ans, au contact de Michel, j'ai pu apprécier la finesse de certaines de ses interventions. Il faut parfois une clef pour décrypter le *Michel Drucker*. Sa courtoisie et son admiration réelle pour les artistes sont de notoriété publique, mais ce qui l'est moins, ce sont les degrés d'intensité de son engouement, et quand Michel dit à un réalisateur :
— Vous avez fait là un film très personnel, c'est un tournant pour vous. Incontestablement, il y aura un avant et un après.
Cela veut dire :
— J'ai vu ton film et je me suis fait chier comme un rat mort. J'ai l'impression que tu n'as plus rien à dire,

mon pote. Et si tu continues à tourner, ça risque d'être surtout en rond !

Quand Michel annonce :
— Nous allons maintenant accueillir une chanteuse qu'on ne voit pas souvent sur les plateaux de télé car elle chante des sujets qui interpellent, mais notre invité tenait absolument à ce qu'elle soit là aujourd'hui. Voici… Machine !
Traduction :
— Chers téléspectateurs, vous avez trois minutes pour aller pisser pendant que l'autre ringarde va nous scier les côtes avec son répertoire soporifique !

Voilà, cher Jean-François Copé. Après tout cela, me croirez-vous si je vous dis que nous sommes heureux de vous accueillir sur ce plateau ?

Bienvenue, Monsieur le Ministre !

Cher
Dave,

Tout petit déjà, dans votre Hollande natale, pays du fromage et du cyclisme, vous êtes fasciné par les moulins à vent qui, tels des sémaphores géants, agitent mollement leurs bras gigantesques. Est-ce en souvenir de leurs longs discours muets que vous êtes devenu vous-même ce moulin à paroles que le monde nous envie, comme pour compenser tout ce qu'ils n'ont pas dit à l'enfant que vous étiez ?

Tout petit déjà, vous vouliez devenir pasteur. Louis Pasteur, né le 27 décembre 1822 à Dôle... Je sais que ce n'est pas ce Pasteur-là que vous vouliez devenir, mais bien curé protestant... euh, rabbin calviniste, je ne sais pas comment on doit dire. Mais il se fait que l'inventeur de la pasteurisation m'arrange mieux pour mon enchaînement. Fasciné par ce grand homme de science qui découvrit le vaccin contre la rage, vous, de votre côté, vous découvrez le mouvement beatnik, mais n'avez cependant pas la rage de réussir comme d'autres jeunes loups et vous décidez donc de rejoindre le sud de la France, en bateau, à votre rythme...

Le voyage vous prendra huit mois, tandis que la plupart de vos compatriotes arrivent à le faire en 12 heures, en tirant leurs caravanes, et leurs femmes… (hum) sont bien contentes d'être arrivées si vite à destination. Ensuite, vous faites la manche au bord de la Méditerranée, alors que d'autres artistes préfèrent chanter *Méditerranée* au bord de la Manche. Vous quémandez une pièce, mais la générosité des passants n'est pas toujours au rendez-vous et vous devez racler le fond de vos poches pour manger à votre faim. L'état des finances est parfois à ce point désastreux que vous êtes obligé de chanter une dizaine de fois pour vous payer un sandwich. Et un jour, dit-on, alors que vous n'aviez encore fait la manche que sept ou huit fois, votre estomac criant famine, vous avez glapi : « Vivement dix manches ! » Michel Drucker qui passait par là à vélo, entendit ce cri déchirant et, trente ans plus tard, baptisa ainsi son émission. Mais voilà, même si le passant ne paie pas, votre acharnement, lui, est payant, et l'avenir, comme Mickey, vous sourit.

Les vaches maigres s'éloignent tandis que Loiseau s'approche. Je veux parler de Patrick Loiseau, qui deviendra votre parolier. Il signera vos plus grands succès de sa plus belle plume et les tubes s'enchaîneront. L'Europe entière fredonnera les chansons du plus connu des Hollandais. Cela dit, l'exploit n'est pas surhumain, étant donné le faible nombre de Hollandais vraiment connus, à part François Hollande et Brigitte Lahaye. Mais si vous échappez miraculeusement à la calvitie durant ces années, un autre danger vous guette : le désert et sa célèbre traversée. Vous avez été marin, vous êtes un marrant, et vous voilà marron…

Les années 80 sont là, avec leur lot de nouveaux venus qui vont prendre la place des autres, avant d'être eux-mêmes voués aux gémonies du show-biz. Comme si ce qui avait été adoré devait obligatoirement passer par une période de purgatoire avant d'être réhabilité quelques années plus tard, lors d'un come-back très médiatisé.

C'est ce grand retour que nous fêtons aujourd'hui, même si pendant toutes ces années, vous n'avez jamais quitté notre cœur à nous, entre autres grâce à vos talents multiples puisque vous avez été à tour de rôle animateur télé ou commentateur hilarant de l'Eurovision.

Tant de gens parlent si souvent de ce qu'ils ne connaissent pas que ça fait un bien fou d'avoir eu affaire à quelqu'un qui maîtrisait vraiment son sujet. Parce que c'est vrai, quoi ! Pendant des années, on a entendu Léon Zitrone commenter le patinage artistique alors qu'il n'avait jamais chaussé lui-même de patins à glace, ni même à roulettes. Combien de chroniqueurs de mode ne se permettent-ils pas de nous expliquer l'élégance alors qu'ils sont eux-mêmes fringués à l'as de pique. Et je ne parle même pas des journalistes scientifiques qui ont commenté les premiers pas de l'homme sur la lune sans y être jamais allés eux-mêmes.

Non ! Avec vous, c'était du solide : un chanteur interviewe d'autres chanteurs. Chez nous, c'est pareil. Si Michel s'est permis de questionner la ministre de la Défense, c'est parce qu'il avait été soldat de 2e classe lui-même. S'il a osé poser des questions à des hommes et des femmes politiques à qui il était arrivé de pédaler dans la semoule, c'est parce qu'il fait lui-même régulièrement du vélo. Si nous avons eu l'outrecuidance de recevoir et d'interviewer la veuve du Shah, c'est parce que j'en dessine un moi-même.

Et pour vous recevoir aujourd'hui comme vous le méritez, cher Dave, nous avons relu nos manuels de peinture hollandaise, nous avons visité des champs de tulipes, mangé des harengs, réécouté la musique des années 70 et surtout, nous sommes allés, Michel et moi, pleurer, comme certains pissent, sur des femmes infidèles. C'était il y a trois jours, dans le port d'Amsterdam…

Chers
Chantal et Jean-Jacques,

Je voudrais évoquer ici tous les merveilleux moments offerts à nos chers petits. Car, ne faisons pas les bravaches : qu'à l'époque nous fûmes grands ou moins grands, que nous crûmes ou non encore au Père Noël, jamais nous ne cessâmes de croire à Marie-Rose... Et la magie Debout Goya... euh, bien sûr, Chantal, vous pouvez rester assise quand je dis « Debout Goya », je n'oserais d'ailleurs jamais vous parler comme ça. Toujours est-il que la magie qui émane de l'association Chantal Goya Djamel Debouze... je veux dire... Debout, n'a pas pris une ride. Et le succès actuel, notamment auprès du public gay, en est la preuve éclatante. Mais vous ne plaisez pas qu'au public gay, le public triste vous aime aussi, car vos chansons le rendent gai. Depuis une semaine, Michel et moi les écoutons en boucle, tendrement enlacés dans le divan du salon. Meuh... Non ! Je plaisante ! Au contraire, nous les écoutons de façon très virile, Michel déguisé en Babar et moi en Bécassine, et nous courons dans les couloirs du

Studio Gabriel. Poursuivis par Jean-Pierre Coffe déguisé en Guignol, armé d'un grand bâton. Nous pensions qu'il voulait nous frapper, mais il nous a expliqué qu'en réalité il s'agissait d'un saucisson sec des alpages, issu de viande produite dans un élevage de qualité, préparé selon la tradition, et séché plusieurs mois à l'air de la montagne, pas comme les merdes emballées sous plastique, et dont l'emballage a presque meilleur goût que ce qu'il contient ! Il l'a découpé alors en rondelles et nous l'a fait déguster, avec un petit coup de rouge, en nous passant vos disques. Et nous avons versé une larme car ce ne sont plus des petites têtes blondes, mais de grosses têtes chauves qui fredonnent avec vous : « Ce matin, un lapin a tué une carotte ! » (C'est la version végétarienne, il faut respecter toutes les sensibilités.)

Ensuite, nous sommes repartis en farandole vers la sortie, avenue Gabriel. Et là, nous nous sommes fait coffrer par les flics. (Le quartier est très surveillé : il y a l'ambassade américaine d'un côté, et l'Élysée de l'autre.) On a eu beau leur dire qu'ils se trompaient, déguisés comme nous l'étions, ils ne nous ont pas reconnus et nous ont embarqués en nous disant que ni Monsieur Drucker ni Monsieur Coffe ne se conduiraient de pareille façon, et ils ont menacé de nous assommer avec le restant du saucisson de Jean-Pierre ! J'ai essayé de prendre la défense de mes camarades, mais le chef m'a dit : « Toi, la Bretonne, ta gueule ! » Je vous rappelle que j'étais habillé en Bécassine. Plus tard, je me suis dit que c'était peut-être la solution pour apaiser mes relations avec Alain Delon, mais quand je me suis présenté à lui dans cet accoutrement, je ne sais pas s'il a compris le sens de mon message parce qu'il m'a dit : « Toi, le travelo, la ferme ! »

Bref, nous voilà tous les trois emmenés au poste et mis au trou. C'est là que nous avons rencontré Jean-Jacques Debout, assis dans un coin, déguisé en Pinocchio. Il avait été pris dans une rafle et il criait son innocence : « Je suis musicien, je suis Jean-Jacques Debout ! » Mais rien à faire : avec son costume de Pinocchio, personne ne le croyait ! Il avait besoin de se confier et nous l'avons écouté… Alors, il nous a raconté son incroyable aventure : sa rencontre avec Chantal Goya, leurs premiers succès, leurs triomphes, puis la descente aux enfers, jusqu'à se faire prendre pour un vol à l'étalage. Lui qui avait écrit *Le Soulier qui vole* venait de se faire pincer en volant un soulier. Il utilisait, pour ses menus larcins, les vieux déguisements des spectacles de Chantal, tous à sa taille puisque c'est lui qui les avait portés. Tout le monde ignore ce détail : c'est Jean-Jacques Debout qui était sur scène dans le costume de Pandi Panda, Snoopy, Mickey et tous les autres. Mari très jaloux, c'était la seule façon qu'il avait trouvée pour suivre sa femme en tournée et vérifier qu'elle ne se fasse pas draguer par les Pieds Nickelés ou par Babar. À cet instant, le commissaire est venu nous libérer en s'excusant pour la méprise. Il venait de recevoir un coup de fil du ministre de l'Intérieur en personne. Enfin, nous avons appris plus tard que c'est notre productrice qui, inquiète de ne pas nous voir revenir, avait demandé à Nicolas Canteloup d'appeler le commissariat avec la voix de Sarkozy. Et ça a marché ! Grâce à eux, nous voici tous avec vous aujourd'hui pour célébrer vos 39 ans d'amour, de complicité et de talent.

Bienvenue à vous, Chantal et Jean-Jacques !

Cher
Claude François,

J'ai plusieurs fois essayé de vous écrire, mais la lettre m'est chaque fois revenue avec la mention *N'habite plus à l'adresse indiquée*, ou *Inconnu à cette adresse*. J'avais pourtant envoyé mon courrier place Claude François, dans le 16e arrondissement de Paris. J'ai pris mes renseignements et l'on m'a dit que vous ne demeuriez plus ici. J'ai alors pris la décision de glisser mon message dans une bouteille que j'ai lancée à la mer, espérant que les courants l'emporteraient vers cette île dont certains disent que vous y résidez, en compagnie d'autres célèbres disparus : Elvis Presley, John Lennon, Mike Brant, James Dean, Marilyn Monroe, Dalida, Thierry Le Luron et Daniel Balavoine, pour ne citer qu'eux.

Mais bon sang ! Que faites-vous sur cette île et pourquoi tardez-vous tant à revenir ? Je veux bien admettre que vous ayez besoin de repos après vous être tant dépensé sur scène, mais de là à prendre vingt-cinq ans de vacances, il y a de la marge ! Ou alors, c'est que vous vous plaisez vraiment là-bas, avec vos nouveaux potes. Mais vous pourriez, au moins, passer un coup de fil ou envoyer une carte postale. Pensez un peu à nous.

Nous prenons bien entendu beaucoup de plaisir à réécouter toutes vos chansons, mais nous attendons votre nouvel album. Lorsque vous remonterez sur scène, nous serons au premier rang pour vous acclamer. J'espère que vous avez continué à faire de la gymnastique, car si vous nous avez préparé des chorégraphies comme celles dont vous aviez le secret, il va falloir assurer, à 65 ans. Et nous serions déçus de vous revoir dans une mise en scène rythmique comme celles de Jean-Paul II et ses Jean-Polettes lorsqu'il nous chante « Méégni mégnaaa, minié nimié méniéé méniéé ». Les Jean-Poletttes ont plus de poil au menton que vos Clodettes et portent des jupes plus longues, sinon elles font tout comme les vôtres, c'est-à-dire se trémousser au même rythme que le patron. Ce qui dans leur cas est un boulot plutôt peinard, vous en conviendrez.

Et à propos des Clodettes, au fond, avez-vous pensé à les avertir de votre grand retour sur scène ? Car elles aussi, elles doivent reprendre l'entraînement. Qui nous dit que vingt-cinq ans après avoir arrêté, on ne va pas les retrouver avec des béquilles, des déambulateurs et des bas à varices ? Peut-être serait-il prudent de réattaquer avec des slows plutôt qu'avec des jerks.

Mais je vous parle de tout ça, des Clodettes, de votre rival à Rome, à vous le pape du disco, et au fond, j'y pense, si vous ne recevez pas les journaux sur votre île, peut-être ne savez-vous même pas qui est Jean-Paul II, ni Jean-Paul Ier ? Puisque lorsque vous êtes parti en voyage, c'était encore Paul VI qui était aux commandes. Un sacré rigolo, celui-là ! Paul VI et ses Polettes, dont le tube *Humanae Vitae* avait fait le tour du monde.

Il y a sans doute des tas d'autres choses que vous ignorez, des gens que vous ne connaissez pas : Raffarin et ses Farinettes, José Bové et ses Bovettes, ou le président des socialistes belges, Elio di Rupo et ses… prises de position courageuses. Vous ne savez peut-être même pas que les socialistes ont été au pouvoir en France à la fin du XXe siècle…

Enfin, je ne vais pas tout vous raconter dans cette lettre, car c'est un peu long à résumer. Mais tout de même, il s'en est passé des choses en vingt-cinq ans : la chute du mur de Berlin, la révolution iranienne, la victoire de Loana dans le Loft n° 1…

Tout ça pour vous dire, cher Claude François, que nous vous attendons patiemment, mais avec impatience, car ce ne sont pas les ersatz qui feront l'affaire. Vos sosies pullulent, ils viennent de partout. De Strasbourg, de Vienne, et même maintenant de Namur, en Belgique ! Alors que chacun sait que les bons sosies sont de Lyon, comme nous le rappelait Jean-Pierre Coffe dimanche dernier.

Non, vraiment, je vous en conjure, cher Cloclo, revenez vite, car pour un type dont on dit qu'il voulait tout maîtriser et soignait son univers jusque dans ses moindres détails, confier son image à un gaillard comme Poelvoorde, c'est de l'inconscience pure ! C'est un peu comme si… je ne sais pas, moi, comme si Dieu avait délégué ses affaires sur terre à des gens d'église : ça aurait vite tourné à la catastrophe. Dieu est à tout le monde, donc à personne. Ne laissez pas Poelvoorde devenir votre unique représentant sur terre, il finira par en abuser. Envoyez-nous un signe, ô Cloclo ! Et dites-vous bien que si vous persistez à ne pas vouloir revenir, c'est nous, un jour, qui ferons le voyage et viendrons vous retrouver sur votre île paradisiaque où nous passerons tous ensemble, non seulement les lundis, mais aussi les mardis, les mercredis, les jeudis, les vendredis, les samedis... et les *Vivement Dimanche* au soleil !

Chers Corinne et Dino, Chers Gilles et Shirley, Chers vous quatre, Chers vous deux,

Dans cette histoire, je n'arrive pas à savoir qui a le plus de chance : Corinne, d'avoir rencontré Gilles, Gilles, d'être tombé amoureux de Corinne, Gilles et Corinne, d'avoir rencontré Dino et Shirley, le public, de vous avoir découverts ou vous-même d'avoir rencontré le public ? Ou encore Michel et moi, de vous accueillir sur ce plateau, ou les *Achille Tonic* d'être les invités de Michel Drucker, tout un dimanche ? Bref, j'ai l'impression que depuis 20 ans, votre parcours est bordé de félicité (je n'oserais parler de nouilles, car elles renverraient inexorablement à une partie du corps humain sous laquelle, jamais, vous ne naviguez) !

Tout commence en 1982, à la Fac de Censier par deux coups de foudre : l'un, privé, l'autre, professionnel. Dès ces deux instants, le destin de nos héros est scellé. (Non pas comme le cheval de Zorro, mais comme... un édit, ou un commandement, avec un sceau). Gilles n'attend que trois mois pour mettre Corinne enceinte... euh, je veux dire... en scène, dans un spectacle intitulé *La Folie des grandeurs*, qui sera joué quatre fois, à guichets ouverts. Et c'est parti, mon Kiki...

Ne le prenez pas mal si je vous appelle « mon Kiki ». Dans ma bouche, c'est affectueux, et en vérité, il n'y a qu'à vous que je peux m'adresser ainsi. Je n'oserais pas affubler certains de nos invités de ce sobriquet familier. Je ne me vois pas dire « Mon Kiki » à Édouard Balladur ou à l'abbé Pierre... Éventuellement à Kiki Caron, mais c'est tout. Tandis qu'à vous, j'ose, car vous avez réussi à créer une telle proximité avec votre public (nous), qu'il nous semble que vous faites réellement partie de nos proches.

Jamais je ne dirai « mon Kiki », ni même « ô Mon Kiki » à Alain Delon, car voilà quelqu'un qui a réussi à entretenir autour de lui ce halo de mystère mêlé de respect qui nous fait nous prosterner devant lui, avec le sentiment très net d'appartenir à la catégorie des moins que rien, et l'envie de tout, sauf de l'appeler « Mon Kiki ».

Et ne me faites pas dire non plus ce que je n'ai pas dit. Je ne suis pas du genre à cirer les pompes aux dramatiques, aux sérieux, voire aux pisse-froid, et à taper dans le dos des rigolos en les appelant « Mimile »... Au contraire, mon respect, mon amour, ma dévotion vous sont acquis. À qui ? À vous, je viens de le dire.

Je fais partie de ceux qui pensent que Molière, Buster Keaton, Chaplin, Tati ou Toto, ont plus fait pour l'humanité que Christophe Colomb, Karl Marx ou

Mère Teresa. Je suis de ceux qui encadrent votre photo et vous vouent un véritable culte sur la commode du salon. Vous faites partie, tous les deux, de mes héros personnels, car vos personnages me renvoient à la BD « gros nez » que j'aime, aux clowns de mon enfance, drôles et poétiques, et au vrai théâtre populaire. Tellement plus goûteux que le théâtre chiant dont se gargarisent une faction de terroristes du bon goût. Et contrairement à ceux qui se croient malins en jouant les intelligents, vous êtes tellement plus fins en jouant les idiots... La profession d'ailleurs ne s'y est pas trompée en vous décernant un molière, et le public en vous donnant son cœur.

Depuis les débuts d'*Achille Tonic*, il y a 20 ans, vous n'avez eu de cesse que d'affiner votre art, pour arriver à cette maîtrise du ratage que beaucoup vous envient. Et l'on se dit que pour réussir à rater autant de choses, vous avez dû travailler sans relâche. Au début, par manque d'expérience, vous avez sans doute raté des ratages et, contrairement aux lois mathématiques, un ratage raté n'est pas une réussite. Mais à force de travail et d'entraînement, de ratages ratés en ratages réussis, la réussite s'est imposée pour devenir le succès planétaire que vous rencontrez aujourd'hui.

J'espère quant à moi avoir réussi à vous dire l'estime et l'admiration que j'ai pour vous. Mais je voudrais laisser les mots de la fin à quelqu'un qui vous connaît beaucoup mieux que moi. Patrick Sébastien dit ceci : « Shirley et Dino, c'est fantastique, mais Gilles et Corinne, c'est encore mieux ! »

Cher
Olivier de Kersauson,

Je sais que vous n'aimez pas les compliments. Je sais aussi que vous n'aimez pas beaucoup les critiques, surtout lorsqu'elles sont injustifiées. Or, de critiques injustifiées, je n'en ai point à vous faire, et de critiques justifiées, il n'y en a qu'une. Je vous reproche de ne pas aimer les compliments. Tout simplement parce que j'en avais plusieurs à vous faire. Mais bon, tant pis...

Ce que vous aimez par-dessus tout, c'est le silence, or il me semble difficile de me taire en vous lisant ma lettre, à moins de vous avoir écrit quelques pages blanches. Mais dans ce cas, j'encourrais les foudres de mes employeurs qui ne verraient plus l'intérêt de me payer juste pour venir montrer quelques feuilles blanches à un invité qui s'en fout complètement... Si vous aviez absolument tenu à ce que notre rencontre demeurât silencieuse, j'aurais éventuellement pu exécuter un mime, mais je n'excelle point dans l'art de l'expression corporelle et vous en seriez resté médusé, donc malheureux, puisque la méduse qui s'échoue est un mauvais présage pour le marin.

Mais revenons à vous. Vous n'aimez pas les compliments, vous supportez mal les critiques et vous n'appréciez pas trop qu'on vous parle de vous... Je vais donc vous parler de moi.

J'ai lu vos livres et je m'y suis retrouvé comme dans un miroir...

Ce sentiment de ne jamais s'être senti enfant, c'est tout moi.

Votre détestation de l'école est totalement mienne. Bons élèves au début, nous avons tous deux glissé vers la place du cancre, au fond de la classe. Votre goût pour le lance-pierre et la chasse au collet, idem. Je vous rejoins totalement sur cette règle qui veut que l'on mange l'animal qu'on a tué. Moi, j'ai toujours fait comme ça. Sauf une fois où j'ai eu un peu de mal à finir une vache que j'avais écrasée, une nuit, sur une route de campagne. Mais en dehors de ça, c'est une règle absolue, la chasse et la pêche ne se justifient à mes yeux que si l'on en consomme le produit.

Il ne faut pas non plus exagérer et faire comme certains intégristes qui vont jusqu'à gratter et manger les moustiques et les mouchettes qui se sont écrabouillés sur le pare-brise de leur bagnole, après 600 km d'autoroute.

Rassurez-vous, je ne vais pas repasser toute votre vie en revue juste pour la comparer à la mienne. (À ce propos, la vôtre est plus longue que la mienne : vous êtes de 44 et moi de 54.)

Non, je voudrais arriver à ce qui nous différencie.

Il y a trois points essentiels :
1. La coiffure
2. Le dessin
3. La navigation

Bon, pour les points un et deux, on a tout compris. Vous vous coiffez sur le côté, moi, en arrière. Pour le dessin, il suffit d'avoir vu vos expositions et vos BD.

Mais pour la navigation ! Mystère et boule de gomme... Comment deux gaillards si semblables prennent-ils des voies d'eau aussi différentes ? Pourquoi l'un s'élance-t-il sur les flots comme sur une page blanche, pour y tracer les plus belles et plus glorieuses circonvolutions de la navigation, tandis que l'autre reste à quai et jette l'encre (de Chine, celle-là) sur les mêmes pages blanches qu'il orne de ses gribouillis en faisant des bulles ?

Pourquoi l'un survole-t-il les vagues de l'océan déchaîné quand l'autre dérive sur son vague à l'âme, à sa table de dessin enchaîné ?

Sans doute parce qu'ils n'étaient pas de la même mère, ni du même moule...

Et cette histoire que je m'en vais vous narrer expliquera-t-elle celle-là.

Vous qui avez vécu à la campagne savez sans doute que lorsqu'un animal qui couve dans la basse-cour vient à décéder, on met ses œufs sous un autre volatile pour leur donner une chance d'aboutir. Or, voilà que le fermier déposa sous une cane l'unique œuf d'une mère poule passée de vie à trépas. Et lorsque, quelque temps plus tard, la cane vit éclore tous les œufs, eut-elle la surprise de compter six canetons et un poussin. Elle les aima tous les sept, dans son petit cœur de cane.

Le matin, elle les emmenait picorer dans l'herbe et on les voyait tous les huit, à la queue leu leu se suivre joyeusement. La nuit, elle les réchauffait sous son duvet soyeux.

Un beau jour, arriva le moment de la première leçon de natation. Les six canetons se jetèrent à l'eau derrière leur maman, tandis que le poussin tournait autour de l'étang en hurlant son désespoir. Et lorsque les canards revenaient sur la berge, il se remettait à les suivre, comme s'il en était un lui-même... C'est une histoire vraie.

Voilà. Tout ça pour vous dire que face à vous, j'ai un peu le sentiment d'appartenir à la race de ces poussins aux pieds secs qui feront plus tard les poules mouillées.

Mais aujourd'hui, je me jette à l'eau, et même si vous n'aimez pas ça, laissez-moi vous dire que nous sommes heureux d'accueillir un homme libre, passionné et vrai. Malgré ses années de navigation, cet homme est comme nous, simples terriens, incapable de répondre à cette question : « Peut-on être absolument certain que pendant les tempêtes, les poissons n'ont pas le mal de mer ? »

Cher
Jean Daniel,

Comme disait l'autre, toutes les bonnes choses ont une fin, sauf le saucisson qui en a deux. Ceci est donc ma dernière lettre à l'invité du dimanche et il fallait que ça tombe sur vous ! Bizarrement, le premier courrier que je vous adresse, cher Jean Daniel, est une lettre d'adieu… ou plutôt d'au revoir, car comme le disait si justement l'auteur latin Sénèque : « Sénèqu'un au revoir, mes frères… »

Ainsi, après avoir écrit mon enthousiasme à plus de trois cents invités, j'ai décidé de me retirer sur la pointe des pieds pour consacrer davantage de temps à mon métier de dessinateur, à mon métier de mari et de père de famille. Michel Drucker a très bien compris ma décision et m'a dit très sobrement : « Philippe, je comprends très bien ta décision… », avant d'éclater en sanglots, de s'accrocher à moi, de se rouler à mes pieds, d'embrasser mes chaussures en hurlant : « Tu ne peux pas me faire ça ! Que vais-je devenir sans toi ? Ne m'abandonne pas, toi qui m'as tout appris... !!! » Alors, je l'ai saisi par les épaules, je l'ai regardé droit dans les yeux et je lui ai dit : « C'est vrai, Michel : il y a 7 ans, lorsque je t'ai rencontré, tu étais ce jeune homme timide et bafouillant. Mais grâce à ta persévérance et à mes conseils, te voilà devenu un professionnel aguerri. Mon rôle s'arrête ici. Ne me dis pas merci, c'est tout naturel ! Je pense qu'aujourd'hui, tu es capable de mener cette émission tout seul. »

Alors, il m'a embrassé et m'a dit : « T'as de beaux yeux, tu sais ! » Et il a ajouté, malgré l'émotion qui l'habitait : « Merci pour ce préambule, mais n'oublie pas ta lettre à Jean Daniel ! » Quel sens de l'à-propos, quel professionnalisme ! Je peux être fier de lui, il a bien retenu mes conseils. La voici donc :

Cher Jean Daniel,

Un jour, lorsque vous étiez enfant, un jeune professeur nommé André Belamich a lu en public une de vos rédactions. Dès cet instant de gloire scolaire passé, « Le reste va suivre » racontez-vous, « et tout me semblera dans l'ordre des choses... » En effet, à partir de là, votre destin est en marche et rien ne l'arrêtera plus. Je ne vais pas retracer ici votre brillante carrière, d'autres l'ont fait cet après-midi. Rappelons simplement pour ceux qui nous rejoindraient ce soir, les grandes dates de votre vie :
Juillet 1920 : Vous naissez à Blida, en Algérie.
Juillet 1921 : Vous fêtez votre premier anniversaire avec quelques proches.
Août 1944 : Vous libérez Paris avec le général Leclerc. Bien sûr, vous n'étiez pas que tous les deux, vous aviez emmené plusieurs camarades avec vous.

1947 : Vous fondez la revue *Taliban* (excusez-moi, je me relis mal, il s'agit de la revue *Caliban*). Et vous êtes profondément marqué par votre rencontre avec Camus, non pas Jean-Claude, le producteur de Johnny Hallyday, comme pourraient le croire nos plus jeunes téléspectateurs, mais Albert Camus, l'auteur, entre autres, d'un livre sur l'histoire d'une petite fille insupportable, surnommée *La Peste*.

1952 : Vous commettez votre première *Erreur*. Et ici, seuls les gens vraiment cultivés auront apprécié le sens profond et toute la finesse de ma boutade puisqu'ils savent que *L'Erreur* est le titre de votre premier roman, paru chez Gallimard.

1963 : Tout le monde se souvient de l'endroit où il se trouvait lorsqu'il a appris la nouvelle de l'assassinat de Kennedy, le 22 novembre 63. Et surtout deux personnes sur cette terre : Jackie Kennedy, mais ça c'est normal, et vous, puisqu'à cet instant précis, vous étiez en train de déjeuner avec Fidel Castro à qui vous apportiez justement un message de la part de Kennedy qui disait en gros : « La situation n'est pas facile. Ne perdons pas espoir, ne nous laissons pas abattre. »

1964 : Vous lancez *Le Nouvel Observateur*.

Vous serez ensuite multimédaillé et primé, mais la récompense suprême vient en 2006 lorsque vous êtes l'invité de Michel Drucker dans *Vivement Dimanche* ! Et c'est là que le masque tombe enfin : TOUT ÇA POUR ÇA ! Une carrière exemplaire au service des causes les plus nobles. Romancier, éditorialiste, patron de presse, on peut dire que vous avez inventé le journalisme intellectuel, et tout ça dans un seul but : passer à la télé chez Drucker. Donc, vous êtes comme les autres, Jean Daniel, et tout le reste n'était que poudre aux yeux. Jeune homme, votre passion pour Gide et la revue *Esprit* n'était qu'apparence, en réalité, vous lisiez *Pif le chien* et *Salut les Copains*, comme tout le monde. Peut-être même avez-vous le calendrier de Loana dans votre bureau au *Nouvel Obs*.

Et si, de nos jours, votre devise de journaliste reste « Y a que la vérité qui compte », l'on peut vous soupçonner de ne pas dire autre chose que Bataille et Fontaine. Et il ne s'agit pas de Georges Bataille et Jean de la Fontaine, comme vous auriez essayé de nous le faire croire à la grande époque. Nous parlons des vrais, de ceux de TF1. De même qu'aujourd'hui, lorsqu'on évoque Rousseau, c'est à Carole que l'on pense et non à Jean-Jacques.

Quelle tristesse ! Mais vous savez, « la vie est un torrent d'éternelles disgrâces », comme disait Corneille... pas le chanteur, l'auteur dramatique.

Mais arrêtons de persifler, et revenons à vous, cher Jean Daniel. Vous êtes l'invité de *Vivement Dimanche* et rejoignez ainsi vos illustres prédécesseurs : Mireille Mathieu, Lorie, Amanda Lear, Carlos et les danseuses du Crazy Horse, dans le panthéon de l'avenue Gabriel. C'est un grand honneur pour nous de vous recevoir aujourd'hui et l'émotion qui m'étreint est double : d'abord parce que mon papa fut un lecteur passionné du *Nouvel Observateur* dès 1964, et qu'avec le virus qu'il m'a transmis, il me donnait aussi les exemplaires lus dans lesquels je me mis à découper, dès l'âge de 10 ans, *La Femme assise* de Copi qui contribua à faire germer dans ma jeune tête les miaulements d'un chat debout qui ferait ses premiers pas quelque vingt ans plus tard. Émotion aussi puisque vous avez eu l'indulgence d'accorder un peu d'attention à mes dernières scribouillardises dominicales.

Me laisserez-vous, cher Jean Daniel, terminer cette lettre en remerciant Michel, Françoise, Rémy, Éric, Grégoire, Dominique et tous les autres de m'avoir accueilli comme un frère dans leur merveilleuse équipe. J'ai vécu en leur compagnie sept années de bonheur absolu et ils sont dans mon cœur pour toujours. Mais comme le disait si justement Dominique de Villepin : « L'important dans la vie est de savoir se retirer au moment opportun. »

Table des matières

BONUS

Dans les pages suivantes, vous trouverez de nouvelles lettres inédites ainsi que des dessins offerts aux invités dont les lettres n'ont pas été reproduites dans cet ouvrage. Ne nous dites pas merci, ça nous fait vraiment plaisir…

Cher
Monsieur Boon,

Ti, j't'erconno, t'es d'min cuin ! Ça veut dire, cher Michel : « Toi, je te reconnais, tu es de mon coin » en ch'ti, et le ch'ti, c'est pas loin du belch. Je suis obligé de traduire pour les gens du Sud comme vous. Eh oui ! Parce que pour nous, gens du Nord, la Normandie, c'est presque le Midi de la France. Quand je dis nous, c'est Lille, Valenciennes, Mons, Tournai, Armentières... Belgique du Sud et Nord de la France ne font qu'un. À tel point qu'à Béthune, on a chez soi des portraits d'Albert II et Paola I, et que les Belges de Tournai et de Mons se demandent s'ils vont voter Hollande ou Sarkozy dans 19 mois.

Rites et coutumes remontent à loin dans notre histoire commune, dont le moule frites n'est que la partie émergée de l'iceberg. Tandis que chez vous, dans le Sud, en Normandie, il nous semble déjà entendre les cigales et on vous imagine boire le pastis sous les pommiers en jouant à la pétanque. Il faut dire que chez vous, en Normandie, vous avez le soleil ! Enfin, vous l'avez une heure ou deux de plus que nous. Et c'est ce qui vous donne ce teint hâlé que nous vous envions.

Enfin, au moins chez nous, dans le Nord, il n'y a pas d'incendies de forêt, il pleut tellement qu'on a parfois l'impression que des escadrilles de Canadairs nous survolent à titre préventif.

Avant vous, Dany, il y a une autre célébrité de votre région que j'ai pas mal connue. Il s'appelait de Gaulle et il était militaire. On s'est pas mal fréquentés à un moment de notre vie, et puis, ses parents l'ont envoyé en Angleterre pour apprendre la langue et on s'est perdus de vue. Enfin, peu importe. Il a dû épouser une Anglaise et à l'heure qu'il est, ils ont sans doute ouvert un petit restaurant ou une entreprise de plomberie. Il paraît que les Anglais ne distinguent pas la différence.

Mais revenons plutôt z'à vous, cher ami. Tiens ! Si je dis « Revenons plutôt z'à vous », ça ne choque pas (or, la liaison est incorrecte). Et si je disais « Revenons plutôt t'à vous », ça choquerait ! Et pourtant, telle est la forme qu'il eût fallu que j'employasse.

Revenons donc z'à vous, cher ami : avez-vous remarqué comme je tourne autour du pot, depuis un moment ? L'explication en est toute simple : vous écrire est un exercice difficile pour moi, eu égard à votre prénom. Vous vous appelez Dany et c'est aussi le prénom de ma femme. Vous comprendrez que pour moi, commencer une lettre par « Cher Dany », sans ajouter « mon amour » tout de suite après, paraîtrait incongru. Je vous aime beaucoup et j'ai énormément d'admiration pour l'artiste que vous êtes. Mais de là à vous appeler « mon amour », il n'y a qu'un pas que je ne puis franchir.

Mais, me direz-vous, comment faites-vous alors, lors-que vous écrivez à l'épouse de Michel Drucker, qui s'appelle également Dany ? Ah ! Là, c'est différent ! J'écris tout simplement « Madame la Directrice ». Je n'ai pas envie de me ramasser un coup de boule du mari : ils ont le sang chaud dans le Sud !

Je dois donc me résoudre à vous appeler Cher Monsieur Boon, et à vous prier de bien vouloir excu-ser le côté peu administratif de cette lettre.

Cher Monsieur Boon,

Par la présente, je tenais à vous faire part de toute mon admiration.

En effet, à travers vos sketches (repris sous rubrique petit *a* à petit *f*) et vos spectacles de 1996 à 2005, vous m'avez provoqué plusieurs crises de fou rire parfois accompagnées d'émission d'urine.

Votre talent comique n'a d'égal que votre gestuelle. Et la gravité de votre inspiration nous touche sans nous blesser, tant vous pratiquez à merveille l'art de l'autodérision.

Sur scène, vous semblez vous guérir des démons qui vous hantent, et en nous faisant rire, vous nous libé-rez par la même occasion des nôtres.

Pour toutes ces raisons, nous vous adressons, cher Monsieur Boon, nos plus sincères remerciements, et vous prions d'agréer l'assurance de nos sentiments distingués.

Chère
Isabelle Boulay,

Je n'ai pas l'habitude d'écrire aux chanteuses, mais avec vous, c'est différent, car votre jolie voix et votre physique avenant appellent le courrier. Je veux dire par là que votre timbre colle à votre enveloppe : avouez que cette comparaison ne manque ni d'adresse ni de cachet...

Et pourtant, vous arrivez d'un pays où il fait parfois si froid que lorsqu'on lèche le timbre, la salive gèle avant qu'on l'ait posé sur l'enveloppe. Votre pays, ce n'est pas un pays, c'est l'hiver comme le disait si bien Gilles Vigneault. Est-ce pour conjurer cela que votre voix réchauffe l'âme et que votre chevelure flamboie comme des bûches dans l'âtre ? Je le dis d'autant plus volontiers que la mienne, de chevelure, ressemble à un feu de forêt, mais après l'incendie...

Vos cheveux flamboient comme les couleurs de l'automne, en octobre, sur les rives du Saint-Laurent. C'est une saison qui n'existe que dans le nord de l'Amérique. Là-bas, on l'appelle l'été indien.

Mais c'était tout simplement le nôtre... *Ta di daaa... di da di di di...*

Mais qu'est-ce que je raconte, moi ? Vous voyez où vous m'entraînez ! On devient lyrique lorsqu'on vous écrit.

Voilà sans doute pourquoi tant d'auteurs viennent déposer leur plume à vos pieds. Toutes ces plumes dont vous faites des ailes. Et je suis en train de me demander si je ne pousserais pas mon avantage jusqu'à vous proposer quelques textes de mon cru ?

Car finalement, qu'est-ce qu'ils ont de plus que moi, Bruel, Cocciante, Plamandon ou Cabrel ? Je vous le demande ! Et puis, vous devez penser à préparer l'avenir en trouvant de nouveaux auteurs, parce que les vôtres ont d'autres chats à fouetter : Cocciante et Plamandon écrivent des comédies musicales, Bruel, depuis qu'il est papa, est devenu gâteux et pouponne à plein-temps et Cabrel passe tout son temps à essayer d'aller casser la gueule à Laurent Gerra.

Donc, j'ai préparé pour vous quelques textes qu'il suffira de mettre en musique :

> *Le caribou*
>
> *J'suis qu'un pauvre caribou*
> *J'me sens seul et misérable*
> *Quand j'pense à toi je deviens fou*
> *Je t'attendrai sous mon érable*
>
> *J'suis qu'un pauvre caribou*
> *Qui a besoin d'une étable*
> *Rest'près de moi, mets pas les bouts*
> *Si tu t'en vas, je pète un câble...*

Bon, je vous lis pas tout, parce que c'est un peu long. La chanson fait huit minutes. En réalité, c'est une histoire très triste, basée sur des faits réels. Ce caribou, au physique assez ingrat, a été traumatisé dans sa jeunesse par la vision d'une tête de caribou clouée au-dessus de la porte d'une cabane. Il tente de suivre une psychanalyse, mais ses cornes l'empêchent d'entrer dans la salle d'attente de Gérard Miller.

Alors, le caribou laid se met à chanter pour une jolie cariboute qui le regarde à peine. Il arrivera finalement à ses fins en répandant trois hectolitres de sirop d'érable dans une clairière où sa belle restera collée, comme sur du papier attrape-mouches.

Ça, ce n'est qu'un exemple, mais il y en a d'autres, dans des styles différents :

— *Fais-moi des becs à Québec*
— *J'arrive trop tard à Toronto*
— *Ne m'envoie pas boulay*

Bref, le jour où vous avez besoin d'un tube, n'hésitez pas à m'appeler.

D'ici là, continuez comme vous avez commencé : continuez à nous enchanter en chantant.

Et autant je n'ai jamais été d'accord avec le titre de votre premier album « Fallait pas » (moi, je trouve au contraire qu'il fallait), celui de votre dernier était prémonitoire puisque nous avons la chance de vous recevoir sur France 2 pendant « Tout un jour »…

CHATS... BADA BADA...

Cher
Michel Fugain,

Mais qu'est-ce que vous avez après moi ? À un certain moment de ma vie, j'ai failli déposer plainte contre vous. Pour harcèlement. En effet, vous me poursuivez. Et ça dure depuis plus de trente ans. Lorsque j'entends une de vos chansons, le matin à la radio, elle ne me quitte plus de toute la journée. Quoi que je fasse. Vous m'accompagnez sous la douche, et je n'aime pas beaucoup ça. Me retrouver avec un type que je ne connais pas, dans une cabine d'à peine 1 mètre carré, ça me stresse. Vous me direz qu'il faut voir le bon côté des choses et que ça peut m'aider à me frictionner en rythme, à me savonner le big bazar. Excusez-moi, je me relis mal : à me shampouiner au rythme du *Big Bazar*.

Vous allez me dire aussi qu'il vaut mieux avoir du Fugain sous la douche que Monsieur 100 000 volts dans son bain, comme Claude François. Certes.

Une fois sec, j'essaie de penser à autre chose, mais, dans la cuisine, la bouilloire siffle et dans la foulée, mes enfants se mettent à bramer :

« Elle fait... coooomme l'oiseau ! » Assez ! dis-je. C'en est trop !

Ce type était sous ma douche et le voilà à la table du petit-déjeuner.

Un peu d'intimité, s'il vous plaît !

À cet instant, ma femme me rappelle de ne pas oublier de passer au garage vérifier le niveau d'huile de la bagnole et j'ai le malheur de lui répondre que je n'aurai pas le temps. Et bien sûr, mes crétins d'enfants enchaînent : « Paaas le-e temps... » !

Moi : « Et pas le temps non plus de vider le lave-vaisselle, comme tu me l'avais demandé ! » Alors elle le vida. « Viva la vida, elle le vidaaaa... » hurlent mes monstres.

Écoeuré, je sors de la maison pour mettre les valises dans le coffre de la voiture. Car nous partions en vacances le jour même. Nous descendions dans le Midi. « Le Midiiii !!! » Et je ne vous raconte pas la suite.

Ou plutôt si, je vous la raconte, car il faudrait qu'un jour, vous assumiez les conséquences de vos actes et de vos compositions.

J'ai fait 1 000 km en votre compagnie, 1 000 km, rien qu'avec « Une belle histoire », car les enfants ne voulaient écouter **que ça** ! J'ai dû l'écouter environ 180 fois. Au bout de 70, j'ai tenté de me débarrasser du CD en le lançant par la fenêtre. Mais il la connaissait

par cœur et j'ai eu droit aux 110 autres fois. À l'aller !
Et aux 180 fois, au retour !
Puisque dans la chanson, si elle descendait dans le
Midi, lui remontait bien chez lui, là-haut vers le
brouillard. Et votre chanson fonctionne dans les
2 sens !

L'été qui a suivi, j'ai traversé la France d'Est en
Ouest, pour régler le problème.

Tout ça pour vous dire, cher Michel Fugain, que malgré toute l'admiration et l'affection que je vous porte,
il m'est arrivé de vous maudire, notamment un certain 1er août, dans un bouchon, devant le tunnel sous
Fourvière.

Et comme vous n'étiez pas avec nous dans la
bagnole, ce sont les enfants qui ont pris des claques.
Mais c'est à vous qu'elles étaient destinées.

Et dire que tout ça ne serait pas arrivé si vous aviez
poursuivi vos études de médecine et étiez devenu un
brillant disciple d'Hippocrate. Vous auriez alors
demandé à vos patients de faire Aaaaaaa, au lieu de
vous-même faire *La La Laaa* devant un public impa-
tient.

Plusieurs de vos collègues se sont essayés à la médecine avec des succès divers : Nicolas Peyrac, par
exemple, a abandonné le stéthoscope pour la guitare,
Patrick Braoudé était vétérinaire avant d'être réalisateur : il a délaissé les caniches pour signer avec la
Fox.

Mais certains arrivent à concilier les deux. Je pense à Doc Gynéco, docteur et chanteur, ou à certains qui sont à la fois chanteurs et anesthésistes, comme Moustaki ou Daho...

Mais vous, Michel, rien de tout cela, vous avez réussi brillamment dans les 2 branches, sans jamais tomber de l'arbre, car vous êtes à la fois ce mélodiste hors pair, ce musicien subtil, ce chanteur populaire au timbre chaleureux, mais aussi ce médecin des âmes qui ensoleille les instants grisâtres de nos existences.

Pour tous ces bienfaits, merci Docteur Fugain !

Cher
Bernard Giraudeau,

Merci d'avoir accepté notre invitation.

Aujourd'hui, Michel est très content, je vois ça... Et Jean-Pierre Coffe me l'a confirmé : il a l'œil vif et la truffe fraîche... En outre, il a mis un soin tout particulier à fixer sa moumoute des grands jours. Il est content parce qu'à vous tout seul, vous symbolisez sa carrière exemplaire (récemment illustrée par la photo de la 200e).

Imaginez que pour cet homme qui a réussi à écouter avec autant d'attention (pour ne pas dire : d'intérêt) Mireille Mathieu que Bernard-Henri Lévy, cet homme qui réalise le tour de force d'interviewer Madame Chirac et Madame de Fontenay sans rigoler, cet ami du service public qui consacre 3 heures d'émission à Françoise Giroud comme à Amanda Lear, pour ce champion de la petite reine et de la première dame, imaginez donc que vous recevoir aujourd'hui est une sorte d'aboutissement professionnel car il a cinq invités pour le prix d'un :

l'acteur, le réalisateur, le producteur, le scénariste et l'écrivain.

Et nous ne parlons là que de vos métiers, car vous êtes un homme multiple. Il suffit pour s'en rendre compte de consulter la liste des anagrammes de votre nom : Aubergine du Radar, Araignée du Bardur, Dieu de Bagarre, Bigre une Daurade, ou encore, hommage aux célèbres érections matinales, Aube Grande Raideur.

Nous avons revisité toute votre vie cet après-midi, et en arrivant au studio, j'ai eu un choc en y voyant encore des militaires, une semaine après la visite de Madame Alliot-Marie ! Quel soulagement de constater qu'il s'agissait de vos camarades marins !

Dimanche dernier, je vous l'avoue, j'avais eu un drôle de sentiment en découvrant que des chars Leclerc cernaient l'avenue Gabriel, qu'un sous-marin nucléaire était amarré sous le pont de la Concorde et que plusieurs tireurs d'élite étaient postés dans le studio, avec l'ordre de nous abattre sur le champ, Michel ou moi, si nous nous permettions de poser une seule question embarrassante au ministre de la Défense.

Tout s'est bien passé, Michel étant d'une lâcheté sans nom, et moi-même un étranger, je n'allais pas me mêler de ça. Déjà qu'on n'avait pas réussi à arrêter les Allemands en 39 !

De tireur d'élite, il n'en reste qu'un : c'est vous, cher Bernard Giraudeau, du moins si j'en crois votre réputation de séducteur dans le beau monde.

Merci donc d'avoir accepté notre invitation et d'être venus tous les 5. Vous fûtes marin, mais vous débutâtes dans des rôles marrants ; vous sortîtes du Conservatoire, mais ne fûtes jamais conservateur ; vous devîntes réalisateur et ainsi vous vous réalisâtes.

Ce dimanche était consacré à l'intégrale d'un homme intègre, et c'est l'occasion pour nous de vous dire que nous vous aimons infiniment, Bernard Giraudeau.

Chère
Juliette Gréco,

Il faut être inconscient ou Belge, ou les deux, pour oser vous écrire après que tant d'auteurs de génie l'aient fait si brillamment. Après Sartre, Mauriac, Cocteau, Trenet, Mac Orlan, Queneau, Brassens ou Brel, mesdames et messieurs, redescendons d'un cran avec la lettre de votre serviteur.

Car voilà le véritable problème, chère Juliette, vous êtes terriblement impressionnante par ce que vous êtes, mais aussi par tout ce que vous représentez : la liberté, la passion, la beauté, le talent, l'ouvrage de gueule, ou plutôt devrais-je dire l'ouverture de gueule, ou le non-fermage... Enfin bref, vous avez toujours ouvert votre gueule, et ça nous a toujours fait un bien fou ! Vous êtes impressionnante, vous, Gréco, par ce génie de l'interprétation, et vous, Juliette, parce que vous avez inspiré ou rendu fous d'amour tous ceux que j'admire, de Vian à Brassens, de Queneau à Miles Davis. Voilà pourquoi je suis impressionné aujourd'hui, plus qu'un autre jour, et que je m'adresse à vous avec respect et déférence. Et pourtant, ce n'est pas le genre de la maison, même si les courbettes de Michel peuvent laisser penser le contraire. Beaucoup de gens croient que la forme légèrement voûtée de son dos vient de la pratique assidue du vélo. Eh non ! On peut bien parler de déformation professionnelle, tant Michel s'incline respectueusement devant les personnages importants que nous recevons ici. Lorsque Bernadette Chirac vient prendre le thé au studio, vers 17 heures, les doigts jaunis par les pièces qu'elle compte du matin au soir, Michel lui sert de l'*Altesse Sérénissime* en faisant d'interminables révérences. Tandis que moi, plus simplement, je l'appelle *Dédette ou ma biche*. Et je vous passe les fois où Michel a reçu l'ancien, Président Giscard d'Estaing, qu'il a appelé *Sa Sainteté* et son *Grand Timonnier*… Ou Michèle Alliot-Marie, ministre de la Défense, qu'il a appelée *Mein Führer* en claquant les talons de ses chaussures impeccablement cirées. Si bien cirées qu'il arrive à fixer le visage de son hôte dans le reflet de ses souliers vernis, simplement en regardant vers le bas. Quel professionnel ! Mais aussi grand professionnel soit-il, il lui arrive aussi de commettre des gaffes. Et la dernière était de taille puisqu'elle a failli relancer la révolution iranienne. Nous recevions l'impératrice d'Iran sur ce plateau, et Michel, très impressionné, n'arrivait plus à savoir en quels termes il devait l'accueillir. À l'arrivée du carrosse, Michel s'est précipité, les tempes en feu, pour s'agenouiller devant l'impératrice et l'on ne sait pas ce qui lui a pris, mais au dernier moment, se disant qu'elle était la femme du Shah, il lui a dit : « Bonjour ma chatte », en étreignant sa cape d'hermine. La réaction a été immédiate, elle l'a giflé et a dit à ses gardes : « Qu'on le jette aux crocodiles ! » Le Grand Vizir a rappelé à l'Impératrice qu'elle n'avait plus ce pouvoir-là. L'impératrice a répondu comme Marie-Antoinette : « *C'est vrai, où avais-je la tête !* » et tout est rentré dans l'ordre.

Mais nous ne sommes pas là aujourd'hui pour évoquer les perles de Michel Drucker puisque nous avons la chance inestimable de recevoir le joyau de la chanson française. Nous allons parler de vous et de votre carrière éblouissante, nous allons avec vous évoquer le passé, même si vous préférez généralement parler de l'avenir. Vous avez d'ailleurs dit un jour : « Je ne crois pas à autre chose qu'à demain. » Et ça tombe bien car demain c'est lundi et qu'on sait que vous aimez les lundis vu que vous haïssez les dimanches. Et comme on en est aux citations, je terminerai par celle-ci : vous avez déclaré « Si j'arrête de chanter, je meurs ». Alors, de grâce, ne vous arrêtez jamais de chanter car c'est nous qui en mourrions. Vos chansons nous aident à vivre. Merci de nous avoir offert : *Frida Oumpapa*, *Jeanne la Tarzane*, *Tata Yoyo* et tant d'autres… Merci, Annie Cordy ! Je veux dire : merci, Juliette Gréco !

Cher
Michel Jonasz,

Quel bonheur de vous accueillir sur le divan de ce cher Michel !

Voilà 4 ans que j'attendais ça ! On peut presque dire que j'ai accepté de me faire engager dans cette émission pour avoir la chance de vous rencontrer un jour. Et si je donne l'impression de dire cela à tous nos invités, je peux vous jurer que dans votre cas, c'est vraiment vrai. Comme je l'ai juré à tous les autres, d'ailleurs… Et s'il est vrai que, sur ce plateau, l'émotion des sens est moins grande en présence d'Edouard Balladur ou de Michel Galabru qu'en face de Laetitia Casta, Carole Bouquet ou Carla Bruni… tiens, à propos Michel, où en est cette spéciale Pamela Anderson que vous nous promettez ? Vous pensez qu'on va la faire un jour ou non ? Ça fait 4 ans que vous m'en parlez, mais si on attend trop longtemps, elle va être vieille et comme je vous connais, ça vous intéressera moins), mais comme je le disais avant de digresser : avec vous, cher Michel, c'est différent.

Au-delà de l'admiration que nous vous vouons (pour les chefs-d'œuvre que vous nous avez offerts, pour cette mélancolie punchy que vous seul arrivez à exprimer avec tant de grâce, pour ces mélodies graves et pourtant légères que vous avez couchées sur la partition et que nous fredonnons dès le lever quand on nous les joue dans le poste au saut du lit), il y a l'homme que l'on pressent simple et chaleureux, généreux et attentif, et au-delà de l'homme que nous avons appris à mieux connaître cet après-midi, il y a ce crâne admirable. Et ce n'est pas n'importe qui, qui vous le dit ! J'ai parcouru la liste de tous nos invités depuis 4 ans et je pense que vous devez être notre troisième chauve après Fabius et Michel Blanc. Trois sur deux cents, cela ne vous semble-t-il pas une forme de racisme inacceptable ? Je me demande même si nous n'avons pas reçu ici plus de noirs que de chauves ! Quand je pense que ce type est l'animateur préféré de la patrie des droits de l'homme ! Mais vous le savez, Michel Jonasz, il n'y a pire chauve que celui qui ne s'assume pas. Allons, Michel, faites votre coming out ! C'est le jour ou jamais ! Retirez cette infâme moumoute qui vous va si mal. Affirmez votre chauvinisme, je veux dire votre calvinisme, votre calvitie ! Ce n'est pas une tare ! Et puis, non ! Au fond, gardez-la. Si vous l'ôtiez, il n'y aurait aucune raison de garder votre jambe de bois, votre œil de verre, vos fausses dents et votre bras articulé. Restez comme vous êtes, c'est comme ça qu'on vous aime !

Quant à vous, Michel Jonasz, je ne vais faire que vous répéter ce que m'a dit Albert II de Belgique, cette semaine, en visite d'État en France : « Jonasz est l'un des musiciens les plus doués du métier. Il est aussi un acteur émouvant. Et il est chauve. Au fond, il mériterait presque d'être belge ! »

Chère
Jeanne Moreau,

Il régnait ces jours-ci, dans les couloirs du Studio Gabriel, l'ambiance des grands jours. La fébrilité et la concentration des collaborateurs de Michel Drucker sont à leur comble lorsqu'ils préparent la venue d'un hôte de marque ! Et je ne vous parle pas de Michel lui-même qui relit 6 fois l'ensemble des 2 000 articles consacrés à l'invité et visionne sa filmographie entière. Ce qui dans votre cas, avec environ 150 films à votre actif, représente 225 heures de projection, c'est-à-dire plus de 9 jours non-stop. Cela explique que Michel ait parfois les yeux rouges sur les photos, même sans flash. Il n'y a qu'un surhomme comme lui qui soit capable de caser 9 fois 24 heures de projection dans une semaine de 7 jours. Sans compter que la diététique en prend un coup puisqu'il ne se nourrit alors que de pop-corn et d'Esquimaux. Au moins, ça l'aide à maîtriser le sujet si ce n'est son poids, et l'émission de cet après-midi s'en ressentait.

Des émissions comme celle-là, on n'en fait pas souvent, et je me demande même si dans toute une carrière, on ne les compte pas sur les doigts des deux mains d'un ancien combattant ayant perdu un bras. Cette effervescence due à votre visite, je ne l'ai connue que 4 ou 5 fois en 7 ans. Notamment lors des *Vivement Dimanche* consacrés à Bernadette Chirac, à Sœur Emmanuelle, à Lorie, au Dalaï-Lama (ou était-ce Serge ? je ne sais plus, je les confonds toujours) et à l'Amiral de Gaulle, avec qui ça s'était mal terminé car il avait garé son porte-avions en double file et il avait failli se faire embarquer par la fourrière.

Mais revenons à vous, chère Jeanne Moreau, et à votre éblouissante carrière. Vous avez, (et savez) tout joué(r), même si on vous a vue davantage dans des films de Truffaut, Duras ou Fassbinder, que dans *Les Charlots font l'Espagne*, ou *Le gendarme se marie*.

Vous avez dit sur scène, et avec quelle présence, quelle intelligence et quelle sensibilité, les textes des plus grands, de Tennessee Williams à Hermann Broch.

Vous êtes couverte de récompenses, toutes plus prestigieuses les unes que les autres (depuis le César d'honneur jusqu'au Mérite agricole) qui vous feraient ressembler à un sapin de Noël si vous deviez les porter toutes en même temps.

Les plus grands du métier parlent unanimement de vous en termes élogieux, mais lorsque des journalistes vous interrogent, ou des gens vous parlent, ils évoquent immanquablement la ballade de *Jules et*

Jim que vous interprétâtes en 62 dans le film de Truffaut.

Comme si c'était ça qui allait rester.

Comme si c'était bien la peine de se casser le cul à bâtir l'un des parcours d'actrice et d'artiste les plus prestigieux du monde, pour qu'on le résume en fin de compte à une chanson, certes magnifique, mais une chanson.

Rejoignant JJ Lionel avec *La danse des canards*, Pierre Perrin avec *Le clair de lune à Maubeuge* ou Gilles Dreux avec *Alouette*.

Mais rassurez-vous, vous n'êtes pas la seule à qui ça arrive :

Il y a Brigitte Fossey, à qui on ressort *Jeux interdits* à tous les coups.

Le comédien Jean-Claude Drouot, qui n'arrivera sans doute jamais à faire oublier qu'il a été Thierry la Fronde, ou Peter Fonda, dont on sait qu'il a joué dans *Easy Rider* point à la ligne alors qu'il a interprété et mis en scène quantité d'autres films. Plus loin dans le passé, Descartes a écrit nombre d'ouvrages. Il a aussi inventé le poker, le bridge et la belote (les célèbres jeux Descartes). Or, que reste-t-il de lui ? Une seule phrase : « Je pense, donc je suis. » En plus, c'est pas terrible comme phrase, il faut bien l'avouer. Il pensait, donc il était. Et aujourd'hui, il n'est plus, donc il ne pense plus. Jusque-là, très bien, mais là où je ne suis pas d'accord avec lui, c'est que l'huître, la salade ou l'animatrice de Téléachat, elles ne pensent pas non plus, et pourtant elles sont ! La postérité, ce n'est pas de la tarte, comme disait Bernard-Henri Lévy à Noël Godin, le célèbre entarteur belge.

Mais que nous importe, comme disait le ministre du Commerce extérieur, puisqu'en attendant le futur, on a déjà bien assez avec le passé et le présent. Et ce sont les vôtres que nous célébrons aujourd'hui, chère Jeanne Moreau ! Votre passé éclatant et votre présent lumineux, tous deux annonciateurs d'un futur étincelant.

Merci de nous avoir donné tant de joies et d'émotions. Bravo aussi de vous en être octroyées sans compter. Le monde entier vous a célébrée, médaillée et académisée. Il manquait l'ultime consécration à ce tableau de chasse prestigieux, un dimanche chez Drucker : voilà qui est fait !

Aussi terminerais-je cette lettre par une question que jamais, même dans mes rêves les plus fous, je n'aurais pu imaginer vous poser un jour : « Alors, heureuse ? »

Cher
Pierre Perret,

Je ne sais pas dans quel état d'esprit vous êtes quand vous entamez l'écriture d'une nouvelle chanson, mais moi, c'est pareil lorsque j'attaque une lettre : il y a cette page blanche qu'il va falloir noircir, coûte que coûte. Bon, nos délais sont certes différents : vous, il peut vous arriver de mettre 3 ans ½ pour écrire votre rengaine ; moi, je dois impérativement la pondre chaque semaine. Imaginez que je travaille à votre rythme : il nous aurait fallu plus de mille ans pour boucler 7 années de *Vivement Dimanche* ! Mais comme disait le maître, le temps ne fait rien à l'affaire, ce qui compte, c'est l'inspiration ! Et celle-là, on la trouve où on peut. Vous, c'est par exemple le zizi et moi, c'est par exemple vous. Ce sont deux exemples, bien sûr, pris au hasard. Donc, lorsque je dois écrire ma lettre, vous devenez pour moi une sorte de *zizi*. Comprenez bien le sens de mes paroles : je dois être inspiré par vous, comme vous l'avez été par celui que nous appellerons affectueusement « le petit oiseau ».

Et à ce propos, si vous me permettez de digresser un instant, sachez que nous avons bien compris le message subliminal de *La Cage aux oiseaux*. « Ouvrez, ouvrez la cage aux oiseaux », vous écriviez ça pour contourner la censure de l'époque. Il fallait bien sûr comprendre : « Ouvrez ! Ouvrez ! les pantalons ! Laissez-les s'envoler très haut... » L'image de l'érection était explicite !

Et en 71, des milliers de crétins avaient effectivement relâché dans les jardins de malheureux canaris et perroquets qui se sont fait bouffer par les chats ! Alors qu'il fallait entendre un hymne à la liberté sexuelle.

C'est d'ailleurs ce que Madame de Gaulle avait bien compris en faisant interdire à l'antenne de France Inter *Les jolies coloscopies de vacances*. Mais revenons à nos zizis, ou plutôt au vôtre, cher Pierre Perret.

Me voilà donc face à ma page blanche, avec devant moi une photo de vous. Exactement comme vous l'étiez en 1974 en écrivant les prépuces, *euh*, je veux dire... les prémices de ce Zizi qui allait devenir un gros tube, comme le disait Rocco Siffredi à Sœur Sourire.
Et je regarde votre photo, et je cherche à savoir tout sur vous, à démêler le vrai du faux, le laid du beau. Je me dis qu'avec votre longévité, vous êtes forcément un dur et que vous avez un grand cou... rage dans les opinions que vous affichez. Vous avez le cheveu bouclé et touffu, votre visage jovial est résolument joufflu, même si à 72 balais, il commence à être légèrement ridé. Et c'est là que m'est apparue la vérité : il y a trop de points communs entre vous et

la chanson. *Le Zizi* n'est autre que votre autoportrait ! Et je ne veux pas dire par là que vous ayez une tête de nœud. Mais il y a ressemblance !
C'est donc là que résiderait le mystère de la création : un artiste passe sa vie à se raconter lui-même.

À cet instant, ébranlé par ma découverte, je me dirigeai vers le lavabo pour me rafraîchir et dans le miroir, j'aperçus le Mont Pelé. Et ça m'a filé les boules, comme disait Amanda Lear au Père Noël.

Ainsi, la boucle était bouclée, et la vérité nue m'apparut enfin ! Ce n'est pas de vous que vous nous entretenez depuis 50 balais et des poussières (notons en passant qu'avec 50 balais, on se demande encore pourquoi il y a de la poussière, mais revenons plutôt aux moutons qu'il y a sous le buffet, ce sera plus commode).

Je disais donc que ce n'est pas de vous que vous nous parlez, mais bien de nous. Et lorsque vous chantez vos joies, vos peines, vos peurs et vos colères, c'est notre vie que vous mettez en musique. Et c'est pour cela que nous vous aimons, cher Pierre Perret : parce que vous chantez tout haut ce qui nous fait déchanter tout bas.

Et la meilleure preuve que vos chansons sont les nôtres est que lors de vos récitals, il vous suffit de lancer les trois premiers mots pour que le public enchaîne sur la chanson entière. En réalité, ce n'est pas nous qui allons voir vos concerts, mais vous qui venez assister aux nôtres. Et comme vous nous aimez beaucoup, vous ne vous lassez pas de venir nous voir. Et vous en redemandez même ! Alors aujourd'hui, vous devez être heureux car nous avons 12 nouvelles chansons à notre répertoire. J'espère que vous viendrez nous écouter à l'Olympia du 26 au 29 octobre prochain…

Il y a un instant, je me demandais comment faire pour vous écrire une lettre, et me voilà déjà à m'interroger sur la façon de la terminer. Conclure est encore plus difficile que commencer tant j'ai de choses à vous dire. Alors, j'achèverai cette bafouille de la manière la plus classique qui soit, par les remerciements :

Merci, cher Pierre Perret, d'avoir accompagné ma vie entière (j'avais 2 ans lorsque vous débutâtes).
Merci d'être fidèle, à vous et à nous.
Merci d'être le messager de Brassens dans ce show-biz orphelin…

Cher
Michel Sardou,

Comme il est doux de vous appeler Sardou. Je dis ça parce qu'il n'y a pas si longtemps, on vous appelait Sardur. Et c'était un peu dur. Mais il faut dire aussi que vous y mettiez du vôtre en faisant systématiquement la tronche sur chacune de vos pochettes de disque. Mais là, ça y est, vous souriez… Au moins sur deux photos. Le plus dur est fait. Ce n'est pas encore non plus le style Fernandel, mais il y a un mieux, et l'on sent poindre la sérénité sous la carapace de l'écorché. Cela dit, il ne faudrait pas non plus tomber dans l'excès inverse et vous voir vous poiler sur chacun de vos disques, car le Sardou qu'on aime, c'est aussi le Sardur à l'œil mauvais et à la lippe boudeuse. Vous n'êtes ni Carlos ni Patrick Topaloff et l'on ne vous imagine pas interpréter *La danse des canards*. En revanche, on vous verrait bien éructer *La danse des connards* qui fustigerait la bêtise ambiante. On vous imagine mal mettre à votre répertoire *Le petit pont de bois* d'Yves Duteil… Chez vous, ce serait au moins le Golden Gate ! Ou alors non. Ce serait le Pont de l'île de Ré, parce que ça, c'est français et c'est du solide. Et Sardou, c'est ça : Français et solide.

Du moins, on croyait que ce n'était que ça. Mais depuis un moment, vous brouillez les cartes. D'abord, en jouant au théâtre... Mais pas comme tout le monde, si vous me permettez... Un comédien qui décroche un rôle, en général, il est très content et il répète puis il joue le rôle. Quand Sardou joue un rôle, d'abord il achète un théâtre et ensuite il prévient les journalistes en leur disant « Désormais, je ne suis plus que comédien, je préfère devenir un vieil acteur qu'un vieux chanteur. Parlez-moi de théâtre. Et le premier qui me parle de chanson aura affaire à moi ! » Avant de changer radicalement d'avis 1 an plus tard, en arrivant avec 14 nouvelles chansons *Sardou-pur-jus*. Et en rappelant les mêmes journalistes pour leur dire : « Je suis chanteur et si vous me parlez de théâtre, je ne vous parle plus. »

C'est pour ça aussi qu'on vous aime. Pour cette mauvaise foi assumée avec jubilation.

Certains n'hésiteraient pas à dire que vous retournez continuellement votre veste. Ils auraient tort. Je lisais dans la presse, il y a quelques jours, que vous estimiez qu'il y avait 2 hommes en vous (chose que Brigitte Lahaye a souvent dite elle-même, mais dans un autre domaine professionnel). L'un de ces hommes porte un smoking, l'autre un pyjama. Et voilà votre secret : plutôt que de retourner la veste, vous en changez. Ceux qui vous guettent au saut du lit s'étonnent de vous en voir sortir en smoking. Et là où on vous attend en smoking, comme sur la scène de l'Olympia en octobre et novembre, vous arrivez en pyjama. Ce côté vous vient sans aucun doute de votre famille.

N'oublions jamais que vous êtes issu d'une lignée d'artistes prestigieux et qu'il semble déjà que vos enfants s'apprêtent à reprendre le flambeau. Chez les Sardou, ça dure. Mais revenons un instant sur votre arbre généalogique. Le souvenir de votre maman est très vivant en nous et sa gouaille a véritablement marqué le monde du spectacle. Fernand Sardou, votre papa, génial acteur qui fut le partenaire de Louis de Funès, de Paul Meurisse. Il a tourné avec Pagnol et Verneuil. Votre père était lui-même le fils, non pas de Victorien Sardou (1831-1908), l'auteur dramatique qui se vantait, dès la fin du siècle dernier d'être le grand-père de Michel Sardou, le célèbre chanteur. Non ! Votre papa était le fils de Valentin Sardou, comique excentrique au Concert Mayol et partenaire de Raimu. Sa femme, Sardounette, était danseuse. Et son père à lui, votre arrière-grand-père, Baptistin-Hyppolite Sardou, devint mime après avoir construit des bateaux puis des décors de théâtre. Et c'est ici que les historiens du spectacle se sont arrêtés.

C'était sans compter les historiens de France 2 qui m'ont apporté un dossier remontant bien plus loin que votre arrière-grand-père. Parmi vos ancêtres, ils ont retrouvé, dans les années 1780, un Maximilien, vicomte de Sardou, célèbre ténor qui, sous la Terreur, commit l'erreur de chanter « Je suis pour ». On le prit au mot et on le guillotina. Sa sœur, qui dansait à l'occasion, fréquente les révolutionnaires. À l'époque, on ne sait pas avec certitude si elle fait chanter Danton ou si elle connaît Marat. Plus loin, nous retrouvons un cousin germain, un chevalier teutonique, Franz von Zardou, qui n'aimait pas son nom. Et qui lors d'une réunion avec ses barons leur dit : « Ne m'appelez plus jamais Franz. » Il y a aussi l'Indonésien Mostapha Al Sardou qui fut ambassadeur de Java à Broadway. Et enfin, il y a l'inoubliable fantaisiste Popol Sardou qui créa le célèbre sketch du plombier avec son tube, *Le rire du serre-joint*. C'est affligeant, je sais, mais ce sont vos ancêtres et pas les miens.

Le plus important est que cet arbre généalogique ait porté d'aussi beaux fruits, comme celui que nous cueillons… *pardon* : que nous accueillons aujourd'hui. Alors, faisons comme vous, lorsque vous vous déclarez épanoui au point d'appeler votre album « Du plaisir » : mordons-y à pleines dents ! Tant que nous en avons !

Philippe Candeloro

Jean-Pierre Cassel

Marie-Anne Chazel

Jean d'Ormesson

Guy Roux

Les Bronzés

Michel Leeb

Lino Ventura

Bixente Lizarazu

Sabine Azéma

Patrick Sébastien

Alain Prost

Marc Lavoine

Victor Lanoux

Francis Perrin

Franck Dubosc

Jack Lang

Enrico Macias

Hugues Aufray

Gérard Depardieu

Gérard Jugnot

Francis Cabrel

Mireille Dumas

Bruno Wolkowitch

8589

Composition Nord Compo
Achevé d'imprimer en France (La Flèche)
par Brodard et Taupin
le 15 janvier 2008. 45285
Dépôt légal janvier 2008. EAN 9782290007471

Éditions J'ai lu
87, quai Panhard-et-Levassor, 75013 Paris

Diffusion France et étranger : Flammarion